智元微库
OPEN MIND

成 长 也 是 一 种 美 好

今天很好，明天也是

[新加坡]
蔡澜 著

人民邮电出版社
北京

图书在版编目（CIP）数据

今天很好，明天也是 /（新加坡）蔡澜著. — 北京：人民邮电出版社，2024.8
ISBN 978-7-115-63336-1

Ⅰ. ①今… Ⅱ. ①蔡… Ⅲ. ①散文集—新加坡—现代 Ⅳ. ①I339.65

中国国家版本馆CIP数据核字（2023）第243135号

版权声明

◆　　著　　[新加坡] 蔡　澜
　　责任编辑　王铎霖
　　责任印制　周昇亮
◆　人民邮电出版社出版发行　　　北京市丰台区成寿寺路 11 号
　　邮编　100164　　电子邮件　315@ptpress.com.cn
　　网址　https://www.ptpress.com.cn
　　天津千鹤文化传播有限公司印刷
◆　开本：880×1230　1/32
　　印张：7.5　　　　　　　　　　　2024 年 8 月第 1 版
　　字数：150 千字　　　　　　　　2024 年 8 月天津第 1 次印刷

著作权合同登记号　图字：01-2023-2488 号

定价：69.80 元

读者服务热线：（010）67630125　　印装质量热线：（010）81055316
反盗版热线：（010）81055315
广告经营许可证：京东市监广登字 20170147 号

吃得好一点，睡得好一点，多玩玩，

不羡慕别人，不听管束，

多储蓄人生经验，死而无憾，

这就是最大的意义吧，一点也不复杂。

蔡澜先生 1941 年出生于新加坡，祖籍广东潮州。父亲蔡文玄去南洋谋生，常望乡，梦见北岸的柳树，故取笔名"柳北岸"；蔡澜生于祖国之南，父亲为其取名"蔡南"，为避家中长辈名讳，改为"蔡澜"。蔡澜先生戏称，自己名字谐音"菜篮"，因此一生热爱美食。

蔡澜先生拥有许多身份，他是电影监制、专栏作家、主持人、美食家；他交友众多，与金庸、黄霑、倪匡并称"香港四大才子"；他爱好广泛，喝酒品茶、养鸟种花、篆刻书法均有涉猎；他活得潇洒，过得有趣，曾组织旅行团去往世界各地旅行游历，不少人认为他也是难得的生活家。

春节前后，蔡澜先生开放微博评论回复网友提问，不少网友将日常纠结、内心困惑、生活难题和盘托出，等待蔡澜先生解惑。面对网友，蔡澜先生智慧而不说教，毒舌但不高傲，渊博而不卖弄；面对读者，他诉说旅行见闻，介绍美食经验，回顾江湖老友，分享人生乐事。隔着屏幕，透过纸页，蔡澜先生用诙谐有趣的语言和鞭辟入里的观点收获了很多年轻人的喜爱。

读他
通透，豁达，
活得潇洒

提到蔡澜，很多人会想到"香港四大才子"。金庸先生生前常与蔡澜先生同游，他这样评价这位朋友："我现在年纪大了，世事经历多了，各种各样的人物也见得多了，真的潇洒，还是硬扮漂亮，一见即知。我喜欢和蔡澜交友交往，不仅仅是由于他学识渊博、多才多艺、对我友谊深厚，更由于他一贯的潇洒自若。好像令狐冲、段誉、郭靖、乔峰，四个都是好人，然而我更喜欢和令狐冲大哥、段公子做朋友。"

金庸先生是蔡澜先生年少时的文学偶像，他们后来竟成了朋友。蔡澜先生总说："怎么可以把我和查先生并列？跟他相比，我只是个小混混。"四个人中，蔡澜先生年纪最小，因此他不得不一次次告别老友。书里写他与众多友人的欢聚时刻，多年后友人也渐渐远行。蔡澜先生喜爱李叔同的文字，这一路走来，似乎印证了"天之涯，地之角，知交半零落"这句歌词，但这似乎又不符合他的心境，因为当网友问到"四大才子剩你一人，你是害怕多一点还是孤独多一点"时，蔡澜先生回道："他们都不想我孤独或害怕的。"

蔡澜先生爱好广泛，见识广博，谈起美食，从食材选择到烹饪手法，再到哪里做得正宗，他如数家珍；谈起美酒，他对年份、产地、口感头头是道；谈起电影，他又有多年的从业经验，与一众名导、演员有过合作；谈起文学，他有家族的传承——父亲是作家、诗人，郁达夫、刘以鬯常来家中做客；至于茶道、书法、篆刻，他也别有一番研究。

蔡澜先生喜爱明末小品文，其写作风格也受到当时文人的影响，而妙就妙在，他继承了过去文人那种清雅、隽永的文风，他的文章形式上简洁精练，意蕴悠远绵长，但同时，他并未与"Z世代"有所区隔，他熟练使用社交网络，和年轻人交朋友，对新鲜事物充满热情。他不哀怨，不沉重，不说教，常以通透、豁达的形象示人，正如金庸先生所言："蔡澜是一个真正潇洒的人。率真潇洒而能以轻松活泼的心态对待人生，尤其是对人生中的失落或不愉快遭遇处之泰然，若无其事，他不但外表如此，而且是真正的不萦于怀，一笑置之。"

蔡澜先生交游甚广，是很多人的好朋友。倪匡先生曾说："与他相知逾四十年，从未在任何场合听任何人说过他坏话的。"

究其原因，多半是他那份仗义和真诚让人信任。

年轻时，蔡澜先生的生活可算是"花团锦簇"。年少时的他交往了众多女朋友，连父亲都同老友说："这孩子年轻时女朋友很多。"到后来，他回顾年轻时的自己，也说"我并不喜欢年轻时的我"。

很多人常议论蔡澜先生年轻时的风流，也有不少人视其为"浪子"，称他是绝对的大男子主义，但他为女性仗义执言又颇让女士们受用。面对"剩女"这一性别歧视类话题，蔡澜先生就表示："剩女这个名字本身就是失败的。什么剩什么女呢，人家不会欣赏罢了。大家过得开开心心，几个女的一块，去玩呐，哪里有什么剩不剩。剩女很好，又不必照顾这个，又不必照顾那个。快点去玩！"这样的言辞让人忍俊不禁，直呼他是大家的"嘴替"。

不仅如此，他还呼吁女性把钱花在增长学识上，鼓励女性多读书、多旅行，拥有自己把日子过好的能力。

蔡澜先生极度坦诚，他从不掩非饰过，也不屑弄虚作假。因"食家"的身份被众人所知后，他不接受商家请客，坚持自己付账，就为了能客观评价餐厅。有餐厅老板找他合影，他不好拒绝，但担心商家用合影招揽食客，于是约定，板着脸合影，表达也许这家餐厅味道不怎么样。

蔡澜先生的人生经历可谓精彩。他生于第二次世界大战期间，青年时期留学日本，在电影行业工作几十年，见证了草创时的筚路蓝缕，也见证了黄金时期的繁荣景象。书里有他的童年回忆和故人旧事，有他拍电影时的所见所感，有他悠游天地间的见闻，有他追忆老友的感人片段。蔡澜先生如今已 80 多岁，但这套书里充满了当代年轻人所喜爱的要素。探店？蔡澜先生寻味的足迹遍布世界各地，吃过的餐厅数量绝对可观。城市漫步（Citywalk）？蔡澜先生可是组过旅行团的，金庸先生就是他的团友。吃播测评？蔡澜先生参加过诸多美食节目，也常发文品鉴美食。生活美学？蔡澜先生就是一个能把艺术、生活与哲理融合在一起的人，他对日常生活的独到见解，相信可以打动很多人。

他对很多事都展现出强烈的好奇心，因为什么都想试试看，才能慢慢变成懂得欣赏的人。这套书涵盖了蔡澜先生 80 载人生经历，囊括 40 年寻味的饮食经验，有他的志得意满和年轻气盛，也有他如童稚时的那般调皮与恶作剧。他的追溯，仿佛能唤起我们内心的情感共振，我们如此这般，似乎只是一个想念妈妈做饭味道的小朋友。

在 2023 年摔伤之前，蔡澜先生总是笑着出现在众人面前，他也常说"希望我的快乐染上你"。他并非没有愁肠，只是选择不把痛苦的一面展露出来。他说："我是一个把快乐带给别人的人，有什么感伤我都尽量把它锁在保险箱里，用一条大锁链把它锁起来，把它踢进海里去。"所以，在生活节奏加快，我们的人生不断遇到迷茫和挑战的今日，希望这套书能如蔡澜先生其人一般，给大家带来快乐，让更多人开心。

出版说明

　　蔡澜先生中学时便开始写作投稿，40 岁前后开始系统性地撰写专栏，多年来撰写了多种类型的文章。因老父赴港在餐厅等位耗时颇久，蔡先生下决心"打入饮食界"，这些年他吃在四方，撰写了大量的文章，这些文章零散发表在各处，这次蔡先生挑选历年文章，重新修订，整理成系统、精彩的文集，奉献给读者。

　　本次出版图书 2 套，共 8 本，从"饮食"和"人生"两个方面集萃蔡澜先生这几十年的饮食经验和人生经历。"饮食经验"一套分别介绍食材、烹饪方法、外国饮食文化及中华饮食文化；"人生经历"一套按时间划分，分别反映从他出生到 20 世纪 80 年代、20 世纪 90 年代、千禧年后第一个 10 年以及 2010 年至今的生活体悟。

　　除蔡澜先生多年来撰写的各类旧文，这套书还与时俱进，收录了蔡澜先生近些年的新作，分享其居家自娱自乐的生活趣事。蔡澜先生出生于新加坡，现长居中国香港，其语言习惯和用词与规范的汉语不免存在差异，现作以下说明。

1. 蔡澜先生文章中使用的方言表述，如"巴仙""难顶""好彩"等，我们仍保留其原状，只在首次出现时标注其通用语义；如意大利帕尔马火腿，粤语发音也叫"庞马火腿"，我们沿用其"庞马火腿"之名，也在首次出现时注明。一些食物有多种称谓，我们通常使用其被广泛使用的名称，如"梳乎厘"，我们统一写作"舒芙蕾"。

2. 文中使用的外文表述，包括但不限于英语、法语、日语等名称，我们尽量列出其中文译名，实在无法对应之处，我们在文中仍保留外文名。

3. 本书文章写作时间跨度极大，但所有文章均写于 2023 年之前，文中所提及的食材的安全性、卫生标准及合法性均视写作时的具体情况而定，本书不做追溯。关于各地旅行的见闻，代表蔡澜先生游览之时的具体情况，反映当时当地的状况，并非今日之实况。因经济发展、社会变迁而早已不适用于今日的内容，我们酌情做了删减。

4. 蔡澜先生年轻时留学日本，后来因工作及个人爱好前往世界各地旅行，文中提到的货币汇率，均代表写作文章时的汇率，我们不做换算。

作为一名食家，蔡澜先生对食材、美食、餐厅的看法均为他这几十年亲自品评所得之体会，而非仰赖权威机构排名。正如蔡澜先生评价食评人汉斯·里纳许所言："我对他的判断较为信任，至少他说的不是团体意见，全属个人观点。可以不同意，但不能说他不公平。而至于口味问题，全属个人喜恶。"我们秉持求同存异之态度，向诸位读者展现蔡澜先生的心得，也欢迎读者与我们一同探索美食的真味。

今天要比昨天高兴，明天又要比今天开心。这是蔡澜先生一再告诉我们的。希望我们的几本书能像一个"开心菜篮"，让大家从蔡澜先生的故事中采撷快乐，收获开心。

目录

自述

履历书

蔡澜，1941 年 8 月 18 日出生于新加坡，父副职为电影发行及宣传，正职为诗人、书法家，90 岁时在生日那天逝世。母为小学校长，已退休，每日吃燕窝、喝 XO 干邑，九十几岁了，皮肤比儿女们白皙。

姐蔡亮，为新加坡最大学府之一南洋女中的校长，其夫亦为中学校长，皆退休。兄蔡丹，追随父业，数年前逝世。弟蔡萱，为新加坡电视台的高级监制，亦退休，只有蔡澜未退休。

妻张琼文，亦为电影监制，已退休，结婚数十年，相敬如宾。

蔡澜从小爱看电影，当年新加坡分华校和英校，各不教对方语言。为求听得懂电影对白，蔡澜上午念中文，下午读英文。

父亲影响下，看书甚多，中学时已尝试写影评及散文，曾记录各国之导演、监制及演员表，洋洋数十册。由于资料甚为丰富，被聘请为报纸电影版副刊编辑。

18 岁留学日本，就读日本大学艺术学部电影科编导系，半工半读，得邵逸夫爵士厚爱，被任命为邵氏公司驻日本经理，购买日本片到中国香港放映。又以影评家身份，参加多届亚洲影展。当年邵氏电影愈拍愈多，蔡澜当监制，用中国香港明星，在日本拍摄港产片。后被派去韩国等地当监制。其间背包旅行，流浪多国，增广学识。

自邹文怀先生组嘉禾后，蔡澜被调返中国香港，接任制片经理一职，参加多部电影的制作，一晃 20 年。

邵氏减产后，蔡澜重投旧上司何冠昌先生，为嘉禾之电影制作部副总裁，其间与日本电影公司拍过多部合作片。成龙在海外拍的戏，多由蔡澜监制，成龙的电影一拍一年，蔡澜长时间住过西班牙、南斯拉夫①、泰国和澳大利亚，一晃又是 20 年。

发现电影为群体制作，少有突出个人的例子，且在商业与艺术间徘徊，蔡澜逐渐感到无味，还是拿起笔杆子，在不费一分的纸上写稿，思想独立。

《东方日报》的龙门阵、《明报》的副刊上，皆有蔡澜的专栏。

写食评的原因在老父来港，饮茶找不到座位，又遭侍者的无礼。蔡澜发奋图强，专写有关食物的文章，渐与饮食界搭上关系。

蔡澜的食评文章，被众多餐厅放大作为宣传，其影响力有目共睹。

报章和杂志的文章结集为书，20 多年下来，至今已有 100 册以上，销路如何，可从出版商处取得数据。

10 多年前与好友倪匡及黄霑制作电视清谈节目《今夜不设防》，收视率竟达 70 多巴仙②。

后来又在电视上主持《最要紧是好玩》③，得到好评，继而拍《蔡澜叹世界》的饮食及旅游节目，由此得到灵感，从影坛退出后办旅行团，

---

① 南斯拉夫是 1929 年至 2003 年建立于南欧巴尔干半岛上的国家，作者在其解体前曾前往当地进行电影摄制工作。——编者注

② 巴仙，东南亚一带的华人用语，意为"百分之"或"%"，由英语的"percent"音译而来。——编者注

③ 即《最紧要好玩》，香港早期电视节目，歌手边做游戏边唱歌。——编者注

带喜欢美食和旅行的团友们到世界各地吃吃喝喝为生。

之前，蔡澜参加过中国香港电台的深夜广播节目，由何嘉丽训练其广东话，对后来的电视节目甚有帮助，所操粤语方被人听懂。

中国香港电台每周一的《晨光第一线》中，蔡澜由各地打电话来做节目，名为好玩总裁，多年来未曾中断。

任职嘉禾年代，何冠昌先生有友人开茶叶店，想创品牌茶种，请教蔡澜意见。蔡澜调配了玫瑰花、枸杞子和人参须，以除普洱茶的腐味。将此茶提供给订茶商，被认为低级，不被接受。蔡澜因此自制售卖，命名为暴暴茶，有暴食暴饮都不怕之意。商品进入日本，特别受欢迎，横滨中华街中，出现不少赝品，亦为事实。蔡澜继而出品了饭焦、咸鱼酱、金不换酱等产品。

日本方面，富士电视台制作的《铁人料理》，邀请蔡澜当评审，多次国际厨师比赛都由他给分，所评意见不留余地，日本人称他为"辛口"，嘴很辣的意思。

数年前，中国香港红磡黄埔邀请蔡澜开一美食坊，一共有12家餐厅，得到食客支持，带旺附近新开了30多间菜馆。

闲时，蔡澜爱书法，学篆刻，得到名家冯康侯老师的指点，略有自己的风格。学西洋画时，又曾经结识国际著名的丁雄泉先生，亦师亦友，受其教导使用颜色的道理，成为丁雄泉先生的徒子徒孙；爱画领带，以及爱在旅行皮箱上作画。

蔡澜交游甚广，最崇拜的是金庸先生，有幸成为他的好友之一。

数年前去到中国澳门，有一创办国际料理学院的计划，与日本的烹饪大学合作，但未成功，却爱上澳门的悠闲生活，开始在当地置业。

澳门蔡澜美食城筹备多时，终于在 2005 年 8 月 4 日开设。

以上所记，皆为一时回忆，毫无文件资料支持。学校文凭，因长久不曾使用，亦失踪迹，其中年份日期也算不清楚。蔡澜对所做过的事，负责就是。

蔡澜记于 2005 年 8 月 18 日生日的那一天。

第一章

让我们随便聊聊

十年

会记

木人写作

谢幕

悼张彻

烧鹅先生

怀念对幼林

剧院叟影

老友倪匡

吃鱼

一生悬命

花钱专家的梦

谈韬

遇曾江

苏美璐

飞机

餐

澳门悠闲游

万荷堂及时行乐

救命记

电脑

避风塘旧梦

怀念李翰祥

陆羽茶室的晚宴

避遇康桥

搬家记

槟城今昔

执起金钱

巴黎的陆羽

香港

身世

做生意

懂得花

吃猪

访问自己　关于身世

问："你真会应付我们这群记者。"

答："（笑）这话怎么说？"

问："我们来访问之前，你就先问我们要问什么题目。问到吃的，你把写过的那篇《访问自己关于吃》的文章拿给我们；问到电影，你也照办，把我们的口都塞住了。"

答："（笑）不是故意的，只是常常遇到一些小年轻，编辑叫他们来访问，他们对我的事一无所知，不肯收集资料，问的都是我回答过几十次的。我不想重复，但他们又没得交差，只好用这个方法了。自己又可以赚回点稿费，何乐不为？（笑）但是我会向他们说，如果是在我自问自答的内容中没有出现过的问题，我会很乐意回答的。"

问："（抓住了痛脚）我今天要问的就是你没有写过的：关于你家里的事。"

答："（面有难色）有些隐私，让我保留一下好不好？像关于夫妇之间的事，我都不想公开。"

问："好。那么就谈谈你家人的事，总可以吧？"

答："行。你问吧。"

问："你父亲是一个怎样的人？"

答："我父亲叫蔡文玄，外号石门，因为他老家有一个很大的石门。他是一个诗人，笔名柳北岸。他从中国来南洋谋生，常望乡，梦见北岸的柳树。"

问："你和令尊的关系好不好？"

答："好得不得了。我十几岁离家之后，就不断地和他通信，一星期总有一两封，几十年下来，信纸堆积如山。一年之中父亲总来我们那里小住一两个月，或者我去新加坡看他。"

问："你的一生，有没有受过他的影响？"

答："很大。在电影上，都是因为他而干上那一行的。他起初在家乡是当老师的，后来受聘于邵仁枚、邵逸夫两兄弟，由中国来新加坡发展电影事业，承担的是发行和宣传的工作。我对电影的爱好也是从小由环境培养出来的，那时家父也兼任电影院的经理。我们家住在一家叫南天戏院的楼的三层，一走出来就看到银幕，差不多每天都在看戏。我年轻时，不大提起做制片人是我父亲的关系，长大了才懂得承认干电影这行，完全是父亲的功劳。"

问："写作方面呢？"

答："小时候，父亲总从书局买一大堆书回来，由我们几个孩子去打开包裹，看看我们伸手选的是怎样的书。我喜欢看译本，他就买了很多从格林童话、天方夜谭到希腊神话等品种的书给我看。"

问："令堂呢？"

答："妈妈教书，来了南洋后当小学校长，做事意志很坚定，这一方面我很受她的影响。"

问：“兄弟姐妹呢？”

答：“我有一位大姐，叫蔡亮，因为生下来时哭声嘹亮。妈妈忙着教育其他孩子时，由她承担半个母亲的责任，指导我和我弟弟的功课，我一直很感激她。后来她也学了母亲，当了新加坡南洋女子中学的校长。那是一所名校，不容易考进去。她现在退休，活得快乐。”

问：“你是不是有一个哥哥和一个弟弟？”

答：“唔，大哥叫蔡丹，小蔡亮一岁，因为出生的时候不足月，很小，小得像一颗仙丹，所以叫蔡丹。后来给人家开玩笑说‘拿了菜单（蔡丹），提着菜篮（蔡澜）去买菜’。丹兄是我很尊敬的人，我们像朋友多过像兄弟。父亲退休后在邵氏的职位就传给了他，丹兄前几年因糖尿病去世，我很伤心。”

问：“弟弟呢？”

答：“弟弟叫蔡萱，忘记问父亲取名的原因了。他在新加坡电视台当监制多年，最近才退休。”

问：“至于第三代呢？”

答：“姐姐的两个儿子都是律师。哥哥有一男一女，儿子叫蔡宁，从小受家庭影响也要干和电影有关的事，长大后学计算机，住美国。他以为自己和电影搭不上道，后来在计算机公司做事，被派去做电影的特技，转到华纳，参与了《蝙蝠侠》电影特技的制作，还是和电影有关。女儿叫蔡芸，日本庆应大学毕业，做了家庭主妇。弟弟也有一男一女，儿子叫蔡晔，因为弟媳是日本人，家父说取日和华为名最

适宜，晔字念成叶，蔡叶、蔡叶的也不好听，大家都笑说我父亲没
有文化。女儿叫蔡珊，已步入社会做事。"

问：　"为什么你们一家都是单名？"

答：　"我父亲说放榜的时候，考上很容易看出，中间一格是空的嘛。当
　　　然，考不上，也很容易看出。"

问：　"你已经写了很多篇'访问自己'，是不是有一天把它们集成书，当
　　　成你的自传？"

答：　"自传多数是骗人的，只记自己想记的威风史。坏的、失败的，多数
　　　不提，从来没有过自传那么虚伪的文章。我的'访问自己'更不忠
　　　实，还自问自答，连问题也变成一种方便。回答的当然是笑话居多。
　　　人总有些理想，做不到的事想象自己已经做到，久而久之，假的事
　　　好像在现实生活中发生过。但是我答应你，对这一篇关于家世的访
　　　问，尽量还原，信不信由你。"

访问自己　关于写作

问：　"访谈过关于你对人生的看法，你本身是个作家，还没问过你写作
　　　的事，是什么时候开始写的？"

答：“你我一样，都是在念小学的时候，从老师叫我们写作文开始写的。”

问：“正经一点好不好？”

答：“我讲这句话，是有目的的。等一会儿再转回来谈。如果你是问我从什么时候赚稿费，那是在中学。我投稿到一家报馆，发表了。得到甜头之后继续写。”

问：“从那时候写到现在？”

答：“不。中间去外国留学就停了，后来为事业奔波，除了写信，没动过笔。40 岁时工作不如意，才开始写专栏。”

问：“是谁最先请你写的？”

答：“周石先生。那时候《东方日报》好像由他一个人负责，包括那版叫‘龙门阵’的副刊。周石先生很会发现新作者，他常请人吃饭，私人聊天，听到对方在饭局上说故事说得精彩，就鼓励他们写东西，我是其中一个。”

问：“后来你也在《明报》的副刊上写过专栏？”

答：“是，我有一个专栏，叫‘草草不工’，用到现在。”

问：“‘草草不工’不像一般专栏的栏名，为什么叫草草不工？”

答：“草草不工，不工整呀！带谦虚的意思。当年向冯康侯老师学书法和篆刻，他写了一个印稿给我学刻，就是草草不工这四个字，我很喜欢。这方印，在报纸上也用上。”

问："那时候的《明报》副刊人才济济，很不容易挤进去，是怎么让你在
那里发表的？"

答："在《龙门阵》写，有点成绩，才够胆请倪匡兄推荐给金庸先生。当

年金庸先生很重视这一版副刊，作者都要他亲自挑选，结果他观察了我一轮文章之后，才点头。后来做过读者调查，老总潘粤生先生亲自透露，说看我写的东西的人最多，算是对金庸先生有个交代。"

问："怎么写，才可以写得突出？"

答："要和别人的有点不同。当时的专栏，作者多数写些身边的琐碎杂文，我就专门讲故事，或者描写人物，或者谈谈旅游。每天一篇，都有完整的结构。几位写得久的作者说我写得还好。问题在于耐不耐久，他们没想到我刚开始就是有备而来的。"

问："这句话怎么说？"

答："停了写作的那几十年之中，我不断地与家父通信，大小事都告诉他，一星期至少写一封。我也一直写信给住在新加坡的一位长辈兼老朋友曾希邦先生。写了专栏，我请他们二位把我从前写的信寄过来，整箱整箱地寄，等于翻日记，重看一次，题材就取之不尽了。"

问："你的文章中，最后一句时常令读者出乎意料，这是刻意安排的吗？"

答："刻意的。我年轻时很喜欢看欧·亨利的文章，多多少少受他的影响，爱上他写作技巧中的终局反转。周石先生说那是一颗'棺材钉'，钉上之后文章就结束。"

问："怎么来那么多'棺材钉'？"

答："一篇文章的结构，跳不出起、承、转、合这四个步骤，但是不一定要依这个次序去写，把'转'放在最后，不就变成'棺材钉'了吗？"

问："要经过什么基本训练吗？"

答："基本功很重要。画画要做素描的基本功，写字要做临帖的基本功。"

问："什么是写作的基本功？"

答："多看书。像从事电影这一行的人，不看电影怎么行？写作的人基本上是一个勤于读书的人，需要从小就爱看书。从小不爱文学，最好去做会计师。"

问："你是从看什么书开始的？"

答："小时候看连环图，大一点看经典，像《三国演义》《水浒传》《西游记》《红楼梦》等，都非看不可。中学时代是人一生之中最能啃书本的时候，什么书都'生吞活剥'，只有在这年代你才有耐性把长篇的《约翰·克利斯朵夫》《战争与和平》《基督山伯爵》等看完。像一个发育中的小孩，怎么吃都吃不饱。经过那段时期，就很难去接触那么厚的书了，当然，除了金庸先生的武侠小说。"

问："我也经过那段时期，我也想当一个专栏作家，你认为有可能吗？"

答："啊，现在可以回到刚才所说的，做学生时你我都写过作文。我认为会走路的人就会跳舞，会举笔的人就会写文章。你想当作家？当然可能，不过跳舞的话，舞步总得学，写作也要练习。光讲，是没有用的；你想当作家，就先要拼命写、写、写。发表不发表，是写后的事。为了发表而写，层次总是低一点。不写也得看，每天喊着很忙、很忙，看来看去只是报纸或杂志，视野都狭小了。眼高手低不要紧，至少好过连眼都不高。半桶水也不要紧，好过没有水。当今读者对写作人的要求不高，半桶水也能生存，我就是一个例子。"

问："你为什么不用粤语写作？"

答："我也想尝试，但是我的广东话不灵光。香港有许多用粤语写作的文人，因为他们是以粤语思考的。我写东西，脑子里面讲的是普通话，所以只懂得用这种语言写作。而且，我觉得使用普通话能够接触到某一种方言以外的读者。写东西的人，内心都希望多一些人读自己的文章。"

问："所以人家说你的文字简洁，就是这个道理？"

答："只答中一半。我选用的文字，尽量简单，像你我在聊天，我没有理由用太多繁复的字眼。（笑）文字简单也是想让多一些人看得懂。至于说到那个'洁'字，是受了明朝小品的影响，那一代的作家，短短的几百个字就能写出一生的故事。我很喜欢。但对于赚稿费，一点帮助也没有。（笑）"

问："看你的文章好像随手拈来，是不是写得很快？"

答："一点也不快。一篇700字的东西要花一两小时。写完重看一遍，改。放了一个晚上，第二天再看，再改，这是我父亲教我的写作习惯。至于题材，则无时无刻不在思考，想到一个，就储起来；做梦也在想，现在和你聊天，也在想。"

问："你一共出了多少本书？"

答："已经不去算了，反正天天写。700字的短文一年可以集成三本左右；

一星期 2000 字的，一年集成两本。写 800 字的餐厅批评，一年也是两本。"

问：   "都是发表过的文章？没有为了出版一本书而写的吗？"

答：   "先在报纸和周刊上赚了一笔稿费再说，中文书的销路实在有限，单单出书得不到平衡。"

问：   "为什么你讲来讲去，都讲到钱？"

答：   "为理想而不顾钱的阶段，在我的人生中也出现过，但是不多。不过钱多一个零少一个零对日常生活也没什么改变，钱只是一种别人对自己的肯定，我是俗人，我需要这份肯定。"

问：   "要是在美国或日本的话，你的版税一定不得了。"

答：   "我从前在电影公司做事，一位上司也向我这么说。我回答说当然不得了，但是如果我生活在泰国，谁会找我出中文书？做人，始终是比上不足，比下有余，知足常乐。"

问：   "听说你的稿费很贵？到底有多少？"

答：   "唉，年老神衰，写不了那么多，对付那些前来邀请的新办杂志的编辑，我只有吹牛说人家付我每年 100 万港元，你给得起的话，再说吧！"

问：   "你的稿费就算再高，研究纯文学的那班人从来看不起你，他们一向提都不提你。"

答："（嬉皮笑脸）不要紧。"

问："你有没有想过你的文章能不能留世？"

答："倪匡兄也遇到一位所谓纯文学，或者叫严肃文学的作者。她说：
'倪匡，你的书不能留世，我的书能够留世。'倪匡兄听了笑嘻嘻地
说：'是的，我的书不能留世，你的书能够留世。你留给你儿子，你
儿子留给你孙子，就此而已。'倪匡兄又说：'严肃文学，就是没有
人看的文学。'"

问："哈哈。他真绝。"

答："能不能留世，根本就不重要，最重要的是保持一份真。有了这份
真，就能触到读者的心灵。倪匡兄说过我就是靠这份真吃饭，吃了
很多年。"

问："你写的多数是小品文，为什么不尝试写小说？"

答："我也写过一本叫《追踪十三妹》的小说呀。"

问："我看过，还没写完。"

答："我会继续写的，都是用第一人称写，一本新书只说一个新人物，新
人物也都认识十三妹这位 20 世纪 60 年代的专栏作家。多写几本，
也是为了把每一个人物都串连起来。我这一生，只会写这一辑小说。"

问："什么时候才写？"

答："等我停下来。"

问：“你停得下来吗？”

答：“（愣了一阵子）大概停不下来吧。”

问：“对于写作，你可以给一个结论吗？”

答：“记得 10 多年前有本杂志，叫什么《读书人》的，请了金庸先生亲笔写几个字，他老人家录了钱昌照老先生的‘论文’诗，诗曰：文章留待别人看，晦涩冗长读亦难；简要清通四字诀，先求平易后波澜。”

访问自己　关于金钱

问：“金钱，重要吗？”

答：“哈哈哈哈（干笑四声）。”

问：“你自己算有钱吗？”

答：“那就要看‘有钱’的定义是什么了！我只能说够用罢了，我的赚钱本领没有我的花钱本领高，买几件看得上眼的古玩，足够令我倾家荡产。”

问：“你还没回答我，你重不重视金钱？”

答：“年轻时被书籍‘害’了，认为钱不重要，要有情有义；有些赚钱的生意，给我我也不想做。年纪大了，才知道钱有多好，但是太迟了，现在什么钱都赚，连广告也接来拍。这么老了，还要抛头露面，牺牲色相，真丢人！（笑）"

问："你有没有算过你有多少钱？"

答："真正有钱的人，才不知道他有多少钱。我当然算过，但不是一个很清楚的数目。总之不多，刚才也说了，够用罢了。"

问："可不可以去为钱下一个准确定义？"

答："钱，是好的，但是不能把它看得太重，要把它当奴隶来使用。我从来不用钱包，把钞票往后裤袋一塞就是，有时会丢掉一些，也不可惜。因为塞在裤袋里的钱，加起来也没多少。"

问："这是不是和你没有子女有关系？"

答："你说到了问题的要点。是的，我的朋友，存钱都是以存给子女为借口，有了下一代和没有的，对金钱的看法完全是两样。至今，我没有后悔过。"

问："怕不怕有一天，忽然一点儿钱也没有？"

答："永远有这个阴影存在。但是人一定要活得愉快。活得不愉快，不如别活下去，我一向主张要活，就要活得一天比一天更好！"

问："你有钱，才说这种风凉话。"

答："我不知道说过多少次，这和金钱不能相提并论，活得一天比一天更好，是看你活得充不充实。多学一样东西，就多充实一点。记一记路旁的树叫什么名字，是不要钱的。记多了就成专家，成专家就能赚钱。"

问："我完全听不进去。看你有一天真正穷了，你能干些什么？"
答："到路边去替人家写对联呀！"

问："字也要写得像样才行！"
答："之前你就要学呀，学书法能花多少钱？学了生活就充实。生活充实，人就有信心。多学几样，每一样都是赚钱工具，不要等到要靠它吃饭才去学。"

访问自己　关于香港

问："世界被你走得七七八八，最喜欢的是什么地方？"
答："香港。"

问："再多给你一个选择呢？"
答："香港。"

问："来世想住的地方呢？"

答："香港。"

问："你不是香港土生土长的嘛。"

答："已经来了 30 年，超过四分之一世纪，也算是土生土长的了。"

问："举一例子，说明为什么你喜欢香港。"

答："三天三夜都说不完。不，不止三天三夜，一千零一夜也说不完。"

问："不要考虑，第一个进入你脑中的原因是什么？"

答："云吞面。"

问："云吞面？云吞面到处都有呀，温哥华也有，广州也有。"

答："每一档都好吃吗？到处都有得吃吗？"

问："（沉默）"

答："离开香港的人，想到香港，第一件事多半是云吞面。"

问："再随便举几个例子吧。"

答："在世界上任何一个都市之中，除了纽约还有你可以一天办五件事的吗？在上午、下午的办公室里最少也可以谈成两桩生意，吃早餐、午餐和晚餐时，至少有谈成三桩的可能性。"

问："但是有人不喜欢那种繁忙。"

答：　"说得对。这世上分两种人，一种是爱城市的，一种是爱乡下的。后者和香港无缘。"

问：　"你在香港闲不下来，很可怜。"

答：　"谁说我闲不下来？我当我住的公寓是山中，就是山中。你住在幽静的温哥华，但是你心中静不下来，你就是住在吵闹的城市里面了。"

问：　"到底是石屎森林 ① 呀。"

答：　"谁说的？如果你不怕远，可以住连汽车都不准行驶的长洲，其实距离市中心也不过是一小时左右路程，比起加利福尼亚州的交通，还是近的。"

问：　"你们这个城市，到底没有什么文化呀？"

答：　"说得对，我们在艺术上是很落后的。香港的文化，是钱的文化。香港有无穷的生机，遍地黄金。至少，对来做家政的工人来说，错不了。一来到，最低工资也相当于他们的黄金。"

问：　"钱不是文化呀？"

答：　"谁说钱不是文化，钱能带动很多东西，用钱堆积的娱乐事业，影响到全世界的华人社会。香港的电影、香港的电视剧，海外有谁不看？香港的流行歌曲在任何一个角落的卡拉 OK 都放送，大家都看

① 　石屎也就是粤语中的混凝土，由钢筋混凝土构成的高楼大厦被称为石屎森林。——编者注

香港人穿什么衣服，他们就穿什么衣服，谁说这不是一种文化？"

问：　"游客减少，你有什么宣传的好主意？"

答：　"旅游局的人和我谈过，问我如何增加日本旅客？我告诉他们中国香港最大的吸引力在她的步伐快，结果他们拍出动感之都一类的宣传片，但这不实际。我们要讲香港的好处，需要举例子。我的宣传片一开始有两个画面，一半是香港的交通灯，一半是东京的。我们这边的噼噼啪啪转了几次，他们的还在等红转绿。当年，我以为纽约的步伐最快，当今我们比纽约更快，更别说东京了。另一点，我们要针对日本人的重男轻女思想。当日本女人在办公室中还要倒茶给上司喝的时候，我们中国香港的办公室里多半是女性。一个社会的繁荣发达和进步，完全看男女的平等。我想，没有一个地方比香港的女人权力更大，纽约也好，上海也好，台湾也好，哪一个都市的部长级女人数目比得上香港？"

访问自己　关于做生意

问：　"你又卖茶，又卖酱料，你算不算一个生意人？"

答：　"基本上，人人都是生意人。"

问："你这话怎么说？"

答："凡是牵涉钱的，就是生意。"

问："作家和艺术家，就不是生意人。"

答："作家卖稿，艺术家卖字、卖画、卖雕塑，这也是生意。我的篆刻老
师冯康侯先生生前告诉过我，他开书画展和过年在维园开档子卖花
差不多。他说有时来个买家，还要向他解释这是精心作品，这和解
释这种水仙有多香，道理完全相同。"

问："做生意有乐趣吗？"

答："（笑）赚到钱就有。"

问："为什么古人那么不喜欢生意人？"

答："历史靠文字记载，写东西的人多数赚不到钱，所以有人看到富有的
商人就眼红，骂他们俗气了，其实生意人中有些也很有学问，像扬
州八怪受重视，完全是因为盐商买他们的字画吹捧而引起的。"

问："你从前为什么没有做过什么小买卖？"

答："从前在大电影公司做事，对做生意不感兴趣。因为薪水很高，有
很多做生意的朋友叫我投资，我都付之一笑。第一，我受书本影响，
认为做生意不是很清高。第二，我小时候时常听到长辈说，做了生
意，被人吃掉，所以对做生意有点戒心。第三，也是最大原因，是
我不会。做生意，是一门很高深的学问。"

问："后来为什么做了？"

答："完全是为了茶。"

问："茶？"

答："有一个上司的朋友，开了一间新派茶行，知道我会喝茶，就叫我去给意见。我说卖的龙井、铁观音之类，都是别人的东西，要有一种自己的茶，才是品味。"

问："什么是自己的茶？"

答："这个人也这么问。我说味道和做法和别人不一样的，就是自己的。举一个例子，台湾人喝的普洱，因为是全发酵的，放久了，有股霉味，如果加玫瑰花就可以解掉；再喷上解酒的药，又好喝又有功效，就可以当作自己的茶。"

问："这方法不错，后来呢？"

答："后来这个开茶行的人认为这个主意太不高明了。我气起来，就自己当成商品卖，结果开始了我的做生意生涯。"

问："赚到钱了吗？"

答："不赚钱我怎么会想做其他生意？"

问："那么从前劝你投资的朋友有没有笑你？"

答："他们当然笑我。做了生意之后，我对生意这两个字有新的解释，我说生意者，生之意识也。活生生的主意，多么厉害！"

问：“当今做一个成功的商人，有什么走向？”

答：“最流行的是捐钱了。西方由盖茨带头，捐了很多。香港的邵逸夫爵士捐得比盖茨早，有 20 多亿元。美国人对过去商人的评价是：卡内基一生为歌剧院等文化事业捐献很多，他是值得后人尊敬的；而有的人一毛不拔，虽然身家几百亿，也让后人看不起了。反正钱是带不走的，不如捐掉。”

问：“你会把钱捐出来吗？”

答：“等我多赚一些。大家都这么说，不过我想我一定会。”

问：“你算一个成功的商人吗？”

答：“不算，也永远做不了。”

问：“那你还做来干什么？”

答：“做来证明自己的想法没有错呀！”

问：“那么失败了怎么办？”

答：“所做的投资，都是我的经济许可的数目，不会伤到老本。我这个年龄，已过了冒险的阶段。年轻人就可以试试看，我不能试，我一定要看准，虽然这么说，还是看得不准的例子比较多。”

问：“这简直不是在做生意嘛。”

答：“讲得对，我不是在做生意，是在玩生意。”

访问自己　关于道德和原则

问：“你是不是一个很守道德的人？”
答："哪个时候的道德？"

问："你这句话什么意思？"
答："道德随着时间而改变，遵守旧道德观念，死定。"

问："什么叫新？什么叫旧？"
答："从前的女子，丈夫先走了，守寡是美德。现在的女人，丈夫死了，你看她孤苦伶仃，就叫她再去找一个丈夫。要是你活在旧时代，你是一个劝人败坏道德的人。"

问："孝顺父母呢？"
答："啊，你问到重点了。但是，这不是道德的问题，这是原则。供养你长大的人，你孝顺他们，是不是应该的？不必回答吧！"

问："做人，是不是应该有原则？"
答："道德水准已经不可靠了。只有原则，是个不变的目标，是的，做人应该有原则。"

问："原则会不会因为时间而改变？"
答："不会。"

问："你算一个很有原则的人吗？"

答："我算一个很有原则的人。"

问："你有什么原则？"

答："孝顺不在话下，我很守时。"

问："别人不守时呢？"

答："那是他的事。"

问："约了人，你老是等，不生气吗？"

答："我不在乎等人，所以约会多数是约在办公室，像你这次的访问迟到了，我可以做别的事。"

问："（有点害羞）如果约在咖啡室呢？"

答："（注视对方）那要看等什么人了。美女的话，可以多等一会儿（笑）。"

问："（更害羞，转话题）对人好，是不是原则？"

答："是的，先对人好。人家对你不好，就原谅他，但是，也要远离他。"

问："遵守原则，会不会处处吃亏？"

答："吃亏，但也要看你怎么看吃亏。不当成吃亏，就不吃亏了，要放弃原则很容易。我父亲教我的一些原则，我都死守着，像对人要有礼貌，像借了东西要还，像别无缘无故打扰人家，像……"

问：“你答应过的事，一定要做到？原则上，你是不是一个守信用的人？”

答：“我是。有时承诺过的事现在做不到，但是会一直挂在心上，等有机会，就完成它。”

问：“婚姻是不是一种承诺？”

答：“是的，所以我不赞成离婚。当年自己答应过，不应该后悔。除非，对方已经完全变了一个人。对于这个陌生人，你没有承诺过任何事。”

问：“你说过原则是不会变的！”

答：“原则没有变，是人在变。”

问：“你这么说，等于没有原则嘛。”

答：“曾经有位长者，做事因为对方变而自己变，我问他：‘你做人到底有没有原则？’”

问：“他怎么回答你？”

答：“他说：‘没有原则，是我的原则。’”

访问自己 关于岁月的逝去

问："你今年多少岁了？"

答："60 岁。如果遇到车祸，报纸上的标题是'60 岁老叟被车撞倒'。"

问："你不避忌谈谈死亡的问题吧？"

答："人生必经之道，避忌些什么？这是东方人的缺点，以为长寿是福，从不谈及死亡的问题。活得不快乐的话，长寿怎会是福分呢？"

问："今后会有什么计划？"

答："小时候，老师鼓励我们，在一个年月的开始，写下要做什么。大了，不做这些傻事。"

问："你想你会活多久？"

答："目前科学和医学昌明，我要说能够活到 70 岁，不算要求过高吧？一定要我说出一个计划，就来个 10 年计划。10 年过后，如果不是这里痛、那里痛的话，那么再订一个 10 年计划也不迟。"

问："你有没有想过在这个 10 年计划中，你会做些什么？"

答："想过。想了老半天，想不出一个头绪。还是随遇而安，一天一天过吧。人的生命，是那么脆弱。从早死的亲戚和朋友身上，我们可以得到这种结论。计划归计划，现实生活中将会发生些什么，谁知道？"

问："难道连一个月的计划也没有？"

答："我最不喜欢有什么目的或者有什么使命。如果硬说需要什么指标，那么还是一句老话：希望活得一天比一天更好。今天比昨天快乐，明天又要比今天充实。"

问："什么叫充实？"

答："多看书，多旅行，多观察别人是怎么活下去的，多学一点你想学的东西，就会感到充实。像我最近才学会用电脑上网，就有充实感。"

问："物质上的享受重不重要？"

答："回答你不重要是骗你的，我的欲望还是很强的。我的一个食评专栏名字叫'未能食素'，和吃不吃肉没有关系，那是代表我对物质的放不下，我还不能达到无欲无求的层次。"

问："有一天，没有了欲望，你会做什么？"

答："做和尚呀！"

问："你不是开玩笑吧？"

答："一点也不是在说笑。认真的，等那时候来到，我就去泰国清迈，我在那里买了一块地，搭一间工作室，用木头刻刻佛像。懂得艺术的和尚多数会受尊敬的。"

问："做了和尚，还管得了受不受尊敬？"

答："（脸红）你说得对。所以我说我六根未净嘛。"

问： "还是接着谈'死亡'吧。"

答： "人生下来，自己是不能决定的。但是，我想，死最好能够自己掌握。小时候看过马克·吐温的小说《顽童流浪记》[①]，主人公骗大家他被淹死了，又偷偷回来看自己的葬礼，那多有趣！"

问： "你的葬礼，是怎样的一个葬礼？"

答： "最好像开派对一样，载歌载舞，开香槟，不要任何哀愁，只有欢乐。"

问： "然后呢？"

答： "然后等待自己的生命结束呀！"

问： "可能吗？"

答： "弘一法师最后写了'悲欣交集'四个字，我最后还没决定要写哪四个字，给我一点时间想想。"

问： "你觉不觉得老？"

答： "古人有句'丹青不知老将至'的句子，幸好我的头发虽然白了，但是还没掉光，所以也不感觉老。体力大大不如从前倒是每天都能感觉到的，思想上可是愈来愈年轻，觉得周围的人都比我稳重。我常开玩笑，说我和年轻人有代沟，我比他们年轻。"

[①] 又译作《哈克贝利·费恩历险记》。本书提到的故事应出自马克·吐温的另一部小说《汤姆·索亚历险记》。——编者注

问：“你吃得好，住得好，当然比很多人年轻啦。”

答：“我吃得好，住得好，是年轻时付出了勤劳的代价。我也有经济不稳定的岁月。我不是在说风凉话，和我有代沟的年轻人，我是觉得他们对生活的态度不够积极。”

问：“还有什么想吃的东西？”

答：“很多。但是大部分我都吃过，我现在看到鲍参肚翅就害怕，宁愿吃豆芽炒豆卜。”

问：“有没有不敢吃的？”

答：“前几天去了东京，那间‘吉野家’的牛丼 ① 没有人敢食，我才不怕，照吃不误。疯牛病的潜伏期有 10 年，如果我有计划，那刚好到期。哈，老，是人生的一张自由自在的通行证。”

问：“真的不怕死？”

答：“人生充实了，对死亡的恐惧就相对地减少。我好像告诉过大家这么一个故事：有一次我乘长途飞机，旁边坐了一个外国彪形大汉。遇到了不稳气流，飞机颠簸得厉害，大汉拼命抓紧把手，我若无其事照喝我的酒。气流过后，大汉看我看得不顺眼，问我：‘你是不是死过？’我懒洋洋举起食指摇了一摇，回答道：‘不。我活过。’”

---

① 一种日式菜肴，指牛肉盖饭。——编者注

访问自己　关于电脑

问："你有自己的网址吗？"

答："我是首批在香港设有商业网址的人之一。"

问："卖什么？多少年前设立的？"

答："卖'暴暴茶'。大概10年前设立。"

问："10年前还没多少人在网上卖东西，你是不是一个电脑专家？"

答："不是。我是一个电脑白痴。公司里一位同事在美国学过设网址，问我要不要设立一个，我觉得好玩，就答应了，反正不花多少钱。"

问："你说你是一个电脑白痴，不是说你自己连电脑也不会用吧？"

答："不是。直到我60岁，我向自己说要送给自己一份礼物，下定决心学习，才懂得上网。"

问："哈哈哈，好。这有趣。我这篇访问，题目也可以叫作'一个60岁老头如何学习上网'。至少可以鼓励别的读者。"

答："（尴尬）"

问："你是怎么回复邮件的？用的是什么中文输入法？仓颉、拼音，还是九宫格输入法？"

答："秘书输入法。"

问："秘书输入法？"

答："秘书把邮件打印出来，我看了在纸上写回复，再由秘书在电脑上打
　　给对方，所以叫秘书输入法。（自我嘲笑）哈哈哈哈。"

问："那怎么说成自己学会上网？"

答："现在才学会用手写板写中文，亲自回答。"

问："仓颉输入法其实很容易，拼音输入法也不难呀！"

答："仓颉输入法要有一个记忆过程。我已有一大把年纪，人老神衰，
　　记不了那么多了。而且，我相信今后的电脑命令，一定靠声控，学
　　了浪费时间。小学时学的什么 sin、cos，到现在还不是一点用处也
　　没有？"

问："拼音呢？"

答："我是一个新加坡人，汉语发音不准，时常搞错。像 s 和 x 就弄不
　　清楚。把'河'字拼成'he'更觉得不可思议。"

问："所以只有手写了？"

答："手写是最不打断思路的一种输入法。"

问："还是说回你学习上网的过程吧。给大家参考参考。"

答："好。第一，先按开机键，打开电脑，等待 Windows 的字眼出现。可
　　要等老半天，我起初以为电脑什么都快的。哈！（又是尴尬的笑）。
　　第二，等到漏斗的符号变成箭头，用鼠标移动箭头到两个电脑和一

个电话的符号上，敲鼠标的左键两下，便会出现一个格子，叫你把密码输进去，然后按 enter 键，它就会接通。第三，接通之后，再按那个蓝颜色的 E 符号两下，写着 internet explorer 的，再出现一个方格，这时你把用户的密码输进去，又按 enter 键，就能上网，大功告成。"

问："慢一点，慢一点。在这之前还有很多步骤呢？"
答："让懂得电脑的朋友替你装好，千万别花时间自己搞。"

问："你用的是什么电脑？"
答："一共 3 台，都是索尼的笔记本电脑。大的在公司，中的在家里，小的旅行用。"

问："哇! 这个品牌那么贵，你舍得？"
答："就是因为贵，不决心学会，就白白浪费，那才舍不得。"

问："旅行用的那部有多重？"
答："不足一公斤。我到了酒店就插上电话线。"

问："（试探性）步骤和在香港用的一样吗？"
答："不一样。第一，是把鼠标指向红颜色的 iPass 符号，敲两下，屏幕上就出现了'网上行 netvigator'的格子。第二，在底下找到 Dial Properties 这一栏，按一下。它的方格出现，在 To access outside line dial 的栏中填入一个 9 或者一个 0。这个步骤要注意的是你住的酒店找外线用的是 9 还是 0，每一个国家、每一家酒店都不同。填入后点击 OK。第三，回到 iPass，在 Country 这一栏中输入国家名字，底下便出现许多城市的电话号码，你就可以用当地的电话线上网，便宜很多。按一下，那个城市变成蓝色。这时点击 Connect。第四，出现密码方格，填进自己的密码，再点击 OK，出现 Connection status，电脑就自动上网，又是大功告成。"

问："（赞许）说得还头头是道。"
答："（松一口气）谢谢。"

问："你花了多少时间学会？"
答："本地上网，花了一天。外国上网，又花了一天。"

问："电脑白痴，学得那么快？"
答："当成生活的怡情，像养鸟种花，就学得快；当成必需，我们这种人，一万年也学不好。"

问答游戏

《名利场》杂志中，有个"普鲁斯特问卷"专栏，十分有意思。当然这本杂志没有访问我，只借题发挥，自问自答。

问："你认为幸福是怎么一回事？"

答："幸福是在一个懒洋洋的下午，在阳光斜射、烟雾缭绕的开放式厨房中，和最好的朋友做做葱油饼，被香槟灌醉。再者，老了之后还可以拼命赚钱，远比年轻时赚钱更有自信，幸福得多。"

问："你最恐惧的是什么？"

答："变成有知觉的植物人。或者，患上老年痴呆症，又失去味觉等。"

问："你最大的遗憾是什么？

答："没有足够多的时间享受更多的肉体与精神上的痛快。"

问："你最尊敬的当今还活着的是什么人？"

答："古人多的是，当今活着的很少，大抵只有金庸先生吧。有华人的地方，就有他的书。他的小说，令我着迷数十年。"

问："你最讨厌自己的一点是什么？"

答："最讨厌自己太守规矩。"

问："你最讨厌别人的什么？"

答："讨厌人家不守时，讨厌年轻人对长辈不尊敬，讨厌所有对父母不孝的人。"

问："你自己最大的挥霍是什么？"

答："买张贵的床，盖条贵的被，穿上贵的鞋，泡最好的温泉。"

问："你如今的心情如何？"

答："安详。"

问："你觉得男人最可贵的是什么？"

答："绅士风度。"

问："你觉得女人最可贵的是什么？"

答："风趣又迷人。"

问："你最常用的句子是什么？"

答："胆固醇万岁。"

问："你最喜欢的作家是谁？"

答："太多了，不胜枚举。外国的，所有世界经典名著的作者我都喜欢；
中国的，我爱一切写明朝小品文的人，还有李渔、袁枚等食家。关
于精神生活的，当然是丰子恺。"

问："你希望有其他的才华吗？"

答："也有太多，我希望会写曲、作交响乐、弹爵士乐。我对音乐，接触
得太少。"

问："杜撰的人物中，你的英雄是谁？"

答："金庸的段誉、令狐冲，王尔德的道林·格雷，夏目漱石的猫。"

问："现实生活中的人物，你的英雄又是谁？"
答："弘一法师。"

问："你觉得你一生之中，最大的成就是什么？"
答："随便走进香港的任何餐厅，都可以找到一张桌子。"

问："你喜欢生活在哪个地方？"
答："香港、香港、香港。"

问："你最珍贵的收藏品是什么？"
答："没有，一切都是身外物。徐悲鸿有一方印章，刻着'暂存吾家'，
　　我很喜欢，我也常用'由我得之，由我遣之'这句话。"

问："你认为生命中最痛苦的深渊是什么？"
答："基本上我是一个喜欢娱乐别人的人。有苦自己知，不告诉你。"

问："你觉得朋友之中，最珍贵的是什么？"
答："最珍贵的是能够在思想上沟通，你教我些什么，或者我有什么可以
　　讲给你听。我结的是中等缘。对朋友，我珍惜可以'我醉欲眠君可
　　去'的朋友；我想念'只愿无事常相见'的朋友。"

问："其中有谁？"
答："倪匡兄。亦舒，虽不见面。张敏仪，很风趣。金庸先生是亦师
　　亦友。"

问："你最不喜欢的是什么？"

答："我经常把不喜欢的变成喜欢。"

问："什么是最大的憾事？"

答："已经忘记。"

问："你想怎样死去？"

答："油枯灯灭，悲欣交集，像弘一法师。"

问："你的人生目的是什么？"

答："吃吃喝喝。"

问："你的座右铭是什么？"

答："做，机会 50 比 50 ；不做，机会等于 0。"

别吃猪油

　　我的中文简体版的书，最近又发行了数册。出版社为了宣传，请一些报刊的记者来做访问，我刚好忙着拍新一辑的电视节目，不能会面。

　　对方又说要以电话交谈，我打去的时候他们在做别的事，他们打来，我又不在。最后双方答应，以文字回答。这是对一个作者很不公平的事，分文不取，心有不甘。

有些问题我在那本《饮酒抽烟不运动的蔡澜》中已作答，见到了传真，就请对方买书去看。我能答的，是从前没答过的。把问答当成一篇文章写出，赚点稿费，以求心理平衡。

问："14 岁在《星洲日报》发表的第一篇文章是什么？"
答："好像是《疯人院》，它在我那本《蔡澜随笔》中重新发表过一次。"

问："这对您后来的人生道路有什么影响？"
答："不知道有什么影响。当年只写来赚零用钱，带同学去吃喝玩乐。"

问："您喜欢的美食都很昂贵吗？"
答："绝不。我并不爱鲍参肚翅。"

问："在家里，您对饮食的要求是怎样的？"
答："尽量清淡。"

问："已近古稀之年，但您依然身兼多职，有没有打算哪天退休，然后像普通老人那样终老？"
答："患了老年痴呆症，就退休。老，是不能免的，是另一种人生阶段，也得享受，花时间补读未完书，不一定要花很多钱。不然活着，等于没活。"

问： "相亲，是解决单身问题的最好办法吗？"

答： "当然。相亲，等于免费的婚姻介绍所，何乐不为？多看几个，不喜欢就算了，没有强制的判断，为什么不去做呢？"

问： "年龄大了，迫不得已，这个心态应该如何把握？"

答： "没有一条法律强迫你一定要结婚。结了婚也不一定是件好事，目前在西方不结婚的男女多得是，大家都照样活下去，不会死人。人家结了婚，自己没结婚，又如何？人生总有些憾事，当成其中一件好了，重要的是活得开心。活得开不开心，与结不结婚没有关系。"

问： "如果有很多人参加您的单身旅行团，那么在众多女性成员中，如何让自己脱颖而出？"

答： "要有幽默感，让大家开心，一定会给对方留下深刻的印象。"

问： "假设您作为单身成员之一参加，什么样的女性是您特别想遇到的？"

答： "和上一个问题的回答一样，我最喜欢遇到一些谈吐有趣的女人。你知道的，有些事，做多了会生厌。但有一个风趣的人作伴，那么多久都不会生厌。"

问： "您组织过的单身相亲旅行团，成功吗？"

答： "并不成功。大家以为是嫁不出去或娶不到老婆的人才会参加，都觉得丢脸，参加的人很少。"

问： "对于急着找个伴侣的单身女性，您有什么建议给她们？"

答：“没有建议。我一向相信老人家所言：姻缘不到，急了也没有用。如果命中注定你们嫁不了人，就别嫁了。但是机会总是有的，耐心地等吧！做人，为什么要迂腐到非嫁不可？多学习，多自我增值，潇洒地活一回，总有人会欣赏。”

问：“您是否希望提出的忠告真的有人去听，去遵循？”
答：“我并不认为我提的是忠告，只是老生常谈而已。有没有人听，干我何事？”

问：“会不会听了误人子弟？耽误别人终身是很严重的事呀！”
答：“说实话会耽误别人终身？哈哈哈哈。”

问：“您觉得最无稽的一条健康建议是什么？”
答：“别吃猪油。”

阿 Q 精神

“这次的非典灾难，总算已经过去了，你怕不怕？”小朋友问。
“没怕过。”我说。
“为什么能够这么镇定？”

"我觉得所有的灾难，总有一天会过去，而人们对已经过去的事总拿来开玩笑。说什么当年要生要死，现在想起来很滑稽。"我说，"按照这个道理，为什么我不先笑一笑呢？买东西也可以分期付款呀，先享受了快乐，担心的事再慢慢分期好了，时间冲淡了，也不再感到担心。"

"你一生经历过很多灾难？"小朋友说。

"比起受战争洗礼的人，我还算幸运的了。"我说，"在非典期间，我不断地向年轻人说，要是你的运气不好，遇上战争，整天被轰炸，那不是更糟糕吗？"

"这是阿 Q 精神呀！"小朋友说。

"很多人都不明白阿 Q 的想法，就拿它来做比喻。阿 Q 是消极的，我们这种比喻是用另一个角度去思考，是积极的，并不逃避，事实还是要面对的。用开心的态度去面对，好过用悲观、担心、忧虑的心情去面对，你说是不是？"

"怎么跳楼自杀的，很多都是年轻人？"小朋友问。

"他们没有经过大风大浪呀。"我说，"老一辈的中国人，经过穷困、经过暴动、经过制水 ①、经过日军入侵，一场金钱或爱情上的苦恼，不至于弄到自杀。"

"那也不是我们年轻人的错呀！"小朋友抗议，"我们是生在香港经济起飞、最舒服的年代。是的，我们没有经过风浪，我们想经历，也不是找来就有的呀！"

"你爱你的父母、你的公公婆婆吗？"

---

① 指香港曾经历的用水管制。——编者注

"爱。"小朋友说，"他们是我们的一部分，是血脉相通的，怎么不爱呢？"

"那么他们的经历，也是你的一部分。他们能忍耐下来，你应该尊敬，你应该学习。"

小朋友想了一下子，似是而非，还是心中有气："老人们总是说自己受了多少苦，我们感受不到呀！是了，为什么你们从来不说自己活得多快乐呢？"

"我们活得是很快乐，没有想到去说给人家听罢了。"我说，"我们这辈子人的享受，不能说是绝后，至少是空前的。"

"这话怎么说？"小朋友感到奇怪。

"自古以来，有什么年代像现在这样信息发达？我们一打开报纸、电视即能看到天下事。精美的印刷，令我们可以有看不完的文字和图片，做起科学和艺术的学问，资料随手拈来，这是我们的爷爷奶奶享受不到的。"

小朋友觉得有点道理了。

"举个例子，在音响方面，我们小时候还磨钢针、摇歌片机，短短数十年，我们已经由 78 转变到 33 转，又变到 CD、MD、MP3 数码，全世界的音乐都被我们听齐了。"

"视觉方面呢？"

"我们生长在能看到电影的年代，当然还有电视，但视觉方面没有听觉方面发展得那么快，香港更是落后，其他地方的电视一看就有几百个台。"

"饮食方面就没有从前那么好了吧？"

"是的。质是差了，但量多了。我所谓的量，并不是多吃一点，而是花样多，我们可以在我们住的地方，享受很多古人吃不到的异国饮食。"

"你说得不错，还有旅行呢。"小朋友说。

"古人说行千里路胜读万卷书。"我说，"我们何止行千里路? 飞机一坐，全球任何角落都能到达，这还不是空前吗? 问题是你看了那么多，能不能学习到外国人的生活态度，从中吸取好的。"

"还有呢? "小朋友问。

"还有就是历史的见证了。以为不可能发生的，发生了。"

"你们就好了，我们这一辈子好像什么都看不到，什么希望都没有。"小朋友叹气。

"怎么可以那么说呢? "我叫了起来，"你们有了电脑，所有信息一按键即刻出现在你们眼前，要学什么比我们快得多，只要你不天天打游戏。"

"我还是觉得很绝望。"小朋友说。

"绝望这个感觉是年轻人的特权。"我说，"我们年轻时也感到绝望，就像你们对这场非典感到绝望，但一切不是都已成为过去? "

"是呀! "小朋友想通了，"应该像你所说，先快乐再说才是! "

"人家会说你是阿 Q 精神! "我说。

"这不是阿 Q 精神，这是……"小朋友引证我的一大堆理论，但我希望她不会一下子变老了。

我比他们更年轻

邵爵士的秘书丽莎来电，说岭南大学学生有年欢会，要我出席。

我一向对这些活动加以拒绝，想不出有什么理由要去。

"我儿子是这个年欢会的组织人之一。"丽莎说。

见她时才是个小女生，年纪和那些大学生一样吧，怎么已有位公子念大学了？日子过得真快。

驱车到黄金海岸酒店内的大宴会厅，教授、助教、讲师、舍监和学生们挤满一堂，都很年轻。宴会由学生们自己组织，校方不插手。

酒会上和大家交谈，文科学生居多，其中也有念工商管理的，也将它归入文科之中吧。

晚宴开始，导师们向大家说话之后，忽然要我上台演讲。我还以为自己是来吃吃喝喝的，没有准备，只有硬着头皮上阵。

诸位好。

能够念大学，是件很幸福的事。

这四年，是你们人生最快乐的日子，一定要好好珍惜。一过了，你们就要踏入社会。那时候，你们已经不是年轻人，而是一下子变成中年人或者老人了。

为什么这么说？出来工作以后，你们便会发现很难交上朋友，因为利害关系较多。受了伤害之后，你们便学会保护自己。那么，人与人之间的隔膜，就愈来愈深。

处处保护自己之后，人就变得老成。我和许多这一类人交谈过，他们年纪虽然很轻，但是每说一句话都像老人一样地来教训我。

我和他们有代沟。

我比他们年轻。

做人，最重要的是保持一份真，失去了，就是一个老人。

只有在大学里，你们才能交上几个知己，这是很重要的。今后步入社会，你会发现只剩下这一堆人可以说真心话。大家会互相帮助，组织成一个很强的圈子，这是你们最好的人际关系，是你们的根。

同学与同学之间应该多对话，辩论到深夜或通宵，强烈地坚持自己的观点，不必受到大人的束缚。这是多么美好的日子！

也许是这个原因，80多岁的金庸先生也回到剑桥大学去念书了。我曾经去探望他老人家。清早，我雇了一只船，游览剑桥大学的河流，看到宿醉的大学生，不管三七二十一跳进河里游泳，那种狂放，是多么令人羡慕！

放假时，请别躲在宿舍里，多去旅行。当今出国，费用已是历史以来最低的，事前做做钟点工，也一定可以储蓄一笔钱去玩。

别看埃菲尔铁塔、泰姬陵那些名胜，多到外国的大学去参观，了解人家大学生的生活，你们会发现，值得借鉴的地方是很多的。

理科的学生，才要死读书；像学医，不记得细节，是会医死人的。但是念文科的，不要只看课本，找你有兴趣的书来看好了，交与你合得来的朋友。

如果很乖、很听话，那么你们念的不是大学，而是中学的延长。你们不是大学生，是中学生。

也不要太看重文凭，出来做事，全靠努力。你们一努力，抢着工作来做，上司都会"爱死"你们，那么你们一定会出人头地。一成功，别人不会研究你毕了业没有，只会说：哦，他是岭南大学出身的。

大家都说：你们看，香港的富豪，有几个是大学毕业的？

话虽那么说，这四年之中，不管你们有没有文凭，念了大学，就有一种特有的气质。这种气质，你们会发觉，在富豪身上找不到。

大学是用来发挥你们的潜能的，要是做社会上既有的事，那么让你们来念大学干什么？

享受你们的自由奔放，珍惜每一刻，千万不要浪费在被窝里。

刚才，我在外面，有位同学问我说："你一直强调交朋友，但是如果遭到对方拒绝，不是很难为情吗？"

我要告诉大家，要是你喜欢一个人，就勇敢去表示好了，暗恋是最没有用的。暗恋了老半天，人家当你不存在。100 年后，你也不存在。被对方拒绝的情形当然会发生，但是有一半的机会，你会成功。我不断地强调：做，机会 50 比 50；不做，机会是 0。而且，被拒绝多了，脸皮就厚；脸皮一厚，就多做；多做，就有可能成功。

祝大家有个愉快的晚上。谢谢。

第二章

人生难得是欢聚

忆故友

老朋友像古董瓷器，打碎一件少一件。好的餐厅何尝不是？结业后有些大师傅转到其他食肆，但像内脏移植，躯壳不同，扮相也逊色。

如果你在 20 世纪六七十年代来过香港，就知道尖沙咀河内道上有家"小榄公"，清蒸出一尾黄脚鱲，从厨房拿出来时已闻到鱼香，绝非假话。

同一区中，美丽华酒店是当年最豪华的旅馆之一，楼上开了间"乐宫楼"，是大家星期日中午饮茶的好去处。那时候的香港人已会欣赏北方菜，座无虚席。女侍应推车叫卖，铁箱中煮了数十只雏鸡，抹上五香粉炸过，再炖至软熟。这种手撕来吃的山东烧鸡，是多么地受欢迎！

另一架车子，卖着弄堂牛肉汤，汤清澈，但味极浓，到底是哪一条弄堂兴起的？无从考据。

花素饺、锅贴、狗不理，等等，叫过一笼又一笼。胡金铨推荐的山东大包，真的大得像成年人的一只鞋子；皮和馅却很轻松，一人吃一只，绝无问题。

当年我还是小伙子，在日本拍外景时照顾过老戏骨杨志卿先生，他是舞台演员出身，讲话中气十足，大声地传到远处，众食客都转头来看。杨先生患痛风，走路一拐一拐，但因为我的到来，特地买了两罐茶叶约我到"乐宫楼"叙旧，记忆犹新。

再走过一点，就是东英大厦了。地下开的"梨花苑"，在那么久之前，已有韩国宫廷宴，载歌载舞，一顿饭吃下来数千港元。知名导演李翰祥吃了不够钱付账，到处张罗的往事，至今还是老电影人的笑谈。

　　金巴利新街上，有间"一品香"专卖沪式小点，一走进去就看到一个双人合抱那么大的铜锅，煮的油豆腐粉丝，要有那么大的容量才够味。一边有个柜台摆满现陈的食物：油焖笋、海蜇头、拌莴苣、油泡虾、毛豆雪里蕻、凤尾鱼等，这些在当今的一些上海菜馆中还能找到，但是熏蛋和熏猪脑，也几乎绝迹，尤其是一块块染红、煮得软绵绵的五花腩，就再也没见过了。

　　"一品香"中午招呼上班一族；晚上早一点招待家庭顾客吃晚餐；到了深夜，就是娱乐场地。

　　"一品香"隔几间，有家著名的潮州菜馆，这家的潮州菜非常地道，所做的高佬粥最出色，粥中有干鱿和鲜鱿、干贝、蚝仔和鱼片，材料极为丰富，是喝完酒后的最佳食物。

　　金巴利旧街的角落，开了北京菜馆"远东"，鸡煲翅的翅最多，汤最浓，配着没有馅、带点甜味的馒头来吃，一流。因为价廉物美，电影公司的记者招待会或庆功宴，多数在这里举行，看明星的客人也都涌来了。

　　说到电影明星，海防道上的"金冠"被光顾得最多，许多人的结婚酒席都在那里摆。至于食物如何，没有印象，是一般的了。

　　再走几步，就有家夜总会叫"BAYSIDE"，由菲律宾乐队为歌星伴奏，大家在那里跳恰恰舞。那时是迪斯科厅还没有出现的年代。

　　但是最令老饕难忘的，是宝勒巷前面那段的"大上海"老店，懂得吃的客人不看菜单，侍者欧阳拿着筷子套前来。当天最新鲜的食材，都写在筷子套背后的那张纸上，第一次尝沪菜的人看不懂，圆叶是水鱼，樱桃是田鸡腿，试问广东人怎么能搞清楚？

　　遇上冬笋、草头、塔古菜等应季的时蔬，令怀念家乡的上海人大喜，一次性都点了，面不改色。

前菜的分量极大，计有海蜇头、油泡虾、酱鸭、肖肉，还有红烧后结成冻儿再切片的羊羔，最具特色。欧阳见你是熟客，就几样拼成一盆。不常来的，每样儿给你一大碟，未上主菜已经要撑死你。

当年还有正宗黄鱼，一大尾，可分成两吃或三吃，前者切块油炸及煮汤，后者加了一味红烧。

炒鳝糊上桌，吱吱作响，声音发自铺在鳝鱼片上面的猪油。鳝鱼片凹了进去，中间盛着蒜蓉和油，拌起来再吃，当今已经没有大师傅做得出了。

正宗的蛤蜊炖蛋也只有在那里才吃得到。选了肥大的蛤蜊，去沙，让它沉在蛋浆下面，再蒸；蛤蜊熟后打开，渗出甜汁来，混入蛋中。

谁说上海人的鱼翅做得没广东人的好？上海的鱼翅斤两十足，以本伤人[①]，汤又用大量火腿和老母鸡熬出。至今想起，的确是正宗沪菜做得最好的一家餐厅。

已逝矣，故友们。时间是不可挽回的，你恨吾生已晚亦没用，像孝顺老人家一样，要趁他们在世造访。香港还有众多朋友等着你去结交，像"天香楼""镛记""陆羽茶室""莲香""鹿鸣春""尚兴"和"创发"。照样要吃的话，选些能丰富你的记忆的，别老是有什么吃什么，这样，对不起自己。

---

① "以本伤人"此处指以高成本制胜。——编者注

万荷堂堂主

"你来了？好，好，我派司机来接你。"黄永玉先生的语气是高兴的。

上一次到北京，已是六七年前的事，现在机场是新的，很有气派。街道两旁的大厦和商店林立，比以前多。黄先生住的"万荷堂"离市区有一小时的车程，车子约好在下午两点接，我刚吃过午餐，上车就睡。

一醒来已经到达，简直不肯相信在茫茫的农地上有座那么大的古堡式的建筑，经过的人还以为是什么电视片剧组的外景呢。

车子进入一城门。只听到一阵犬吠，接着就是几条大狗想往我身上扑来，但被黄先生喝了下去。

"地方到底有多大？"这是我的第一个问题。

黄先生笑着说："不多，100 亩①。"

我想中国画家之中，除了张大千在巴西的田园，就是黄永玉先生拥有最大的一块地了。

"先带你四处走走。"黄先生说。

入眼的是一片长方形的池塘，现在晚春，荷叶枯干。种上一万株荷花绝对不是问题，10 万株也种得下，若在夏天盛开，当然是奇景。

围绕着荷池的是很多栋建筑，都是二层楼的客房，里面摆设着黄先生自己设计的家具和他一生在外国收集的艺术品。

"我说过，你要是来住，就给你一间。"他笑着说，"到了荷花开的

---

① 1 亩约为 666.67 平方米。——编者注

时候，请歌舞团在台上表演，你可以从阁楼观赏。"

没经历过，只有靠想象，黄先生一定会约好他的老友，亲朋好友住一间，效古人之风雅。

"我最想看你的画室。"我说。

"这边，这边。"黄先生指着一扇门，门上的横额写着"老子居"。好一间"我的画室"，奇大无比，铁板入墙，让磁石吸着宣纸边缘，以画出巨大的作品。桌子上的画笔和颜料零乱摆着，要些什么，只有黄先生自个儿才找得到。

"今天早上画了两幅，还没题字。"黄先生说完拿起毛笔。

整张画上一下子题满了跋，题跋是中国画中不可分割的部分，但从来未见过一位画家像黄先生那么爱题跋的。他的跋就像诗人的短章，或是一篇很精简的散文，也是他的语录，时常很有哲学味道，多数诙谐幽默、胸襟坦荡。意味深长的有："世上写历史的永远是两个人：秦始皇写一部，孟姜女写一部。"或者轻松地说："郑板桥提倡难得糊涂，其实，真糊涂是天生的，学也学不会。假装的糊涂却很费神，还是别装为好。"

犀利的是，跋是在画的空白处一下笔挥之而成的，随想随写，不打稿，也不修改，写到最后刚刚好填满，不松散，也不过密，最重要的是没有破坏整张画的构图，只增加神采，是"胸有成竹"这四个字的活生生例子。

惹祸的猫头鹰就不必题跋了。他说过："我一生，从不相信权力，只相信智慧。"

在 1953 年，他和齐白石合拍过一张照片，老人身旁那位大眼睛的少年，一看就知道是位聪明绝顶的人物。黄先生是位生存者，在任何逆境之下都能优哉游哉地生存下去。主人轻描淡写地说："我天生命好。"

何止天生？后来的努力，也可以从他画的白描树藤中见到，那种错综复杂的线条一根搭一根，比神经线还要精密，又看不出任何的败笔，要下多少功夫才能完成！

我们在客厅坐下，湘西来的姑娘捧上茶来。我问黄先生："这么大的地方，要用多少人？"

"就是我们四五个人。"他回答，"还有十几条狗。有人进来先要过狗这一关，然后……"

黄先生从门后拿出一根木棒，要我试试它的重量。木棍双头镶铜，棒心填满铁砂。

烧鹅先生

今夜又在中环的"镛记"设宴。

老板甘健成先生和我有深深的交情，常听我一些无理要求。为了答谢参加过我的旅行团的团友，每次都在甘兄的餐厅举办大食会。菜式非特别不可。

第一次和甘兄研究金庸先生小说中的菜，只听过没吃过。

"做不做得出？"

"试试看，试试看。"这是甘兄的口头禅。

做出来的结果，令人满意。唯一不足的是"二十四桥明月夜"。书上说是黄蓉把豆腐镶在火腿中给洪七公吃的，简直不可思议。经三番五

次地商讨之后，我们决定把整只金华火腿锯开三分之一当盖，用电钻在余下三分之二的肉上挖了 24 个洞，再用雪糕器舀出圆形的豆腐塞入洞里，猛火蒸之八小时，做出来的豆腐当然皆入味。客人只吃豆腐，火腿弃之，大呼过瘾也。

这席菜后来也被搬到中国台湾去，为金庸先生的座谈会助兴，吃过的都大赞"镛记"的厨艺。

之后我又出馊主意，向甘老板说："才子袁枚写的《随园食单》也都只是听闻，要不要办一席？"

"试试看，试试看。"他又说。

当晚给客人留下最深印象的是"熏煨肉"，食谱写的是："用酒将肉煨好，带汁上。用木屑略熏之，不可太久，使干湿参半，香嫩异常。"

甘兄依照古法，做了三次，我前来试过三次，才召集好友。"熏煨肉"分成 10 小方块上桌，一桌 10 人，每人一块。早知一定有人叫"安哥"[①]，已做定了另一份，大家又一口吞下；第三次要吃，已经没了。

最后这一回是临时举办的，没有时间试做试吃。要做些什么才好？我给甘兄三天去想。

不到 30 分钟，他已写好一张菜单传真过来。一看，菜名抽象得很，像"风云际会迈千禧""红雁添香""萝卜丝鱼翅""徽州鱼咬羊""顺德三宝""玉环绕翠""银丝细蓉""佛手蟠桃""菱池仙果"和"上林佳果"。

"我有把握。"甘兄在电话上告诉我，这次，他连试试看也不说了。

[①] 安哥，也写作"安可"，是 Encore 的音译，意为"再来一个"。——编者注

　　"镛记"被外国名杂志誉为全球十大餐厅之一，不是浪得虚名。它的烧鹅出名，由一个街边档发迹，发展为拥有整座大厦，都是靠一只烧得出色的鹅。但今晚的菜没有烧鹅，所谓"红雁添香"，是用"熏煨肉"的手法，把整只鹅卤后来熏的。还未上桌先传来一阵香味，鹅肉一下子被大家吞下。我巡视各处时，发现年轻人的那桌只吃肉，剩下鹅颈和鹅头，即刻向他们要了，拿到自己的座位上慢慢享受。

　　先将鹅头下巴拆了，吃肥大的鹅舌，味道和口感绝对不逊"老天禄"的鸭舌。双手轻轻地掰开鹅头，露出大如樱桃的鹅脑，吸食之。

　　从前皇帝把鹅脑做成"豆腐"，以为是传说而已。"镛记"就有这种能耐，一天卖数百只烧鹅，取其脑制成"豆腐"，让我们这群老饕享受。可惜今晚人多，不能尝此美味。鹅颈的条状肉是纤维组织中最嫩的。法国人也会吃，他们把颈骨头拆出，塞入鹅肝酱，再煎之，聪明绝顶。我想当今的法国年轻人也不会吃。

　　"顺德三宝"是哪三宝？上桌一看，平平无奇的炒蛋罢了。但一股异常的香味何来？出自礼云子。

　　礼云子是由一只铜板般大的螃蟹中取出的蟹膏。此蟹江浙人称之为螃蜞，卤咸来送[①]粥。蟹已小，膏更小，集那么多来炒蛋，奢侈之极。

　　另一宝是"野鸡卷"，是用糖泡肥猪肉三日，卷好炸成的，吃时又肥又多汁。"金钱鸡"也和鸡肉无关，取鸡肝，夹了一片猪油，另加一片叉烧烤成。

　　"鱼咬羊"，是把羊腩塞入鱼肚中炮制的。鱼加羊，成一个鲜字，

---

① 　送指就着、搭配着。——编者注

当然鲜甜。用的是整条的桂鱼，我认为用鲤鱼效果更佳，甘兄称原意如此，只是前三天买不到活鲤鱼，因为要用清水喂这么一段时间才无泥味。

"萝卜丝鱼翅"是从上次吃过的《随园食单》中取过来的，一斤半肉煨一斤上汤，将萝卜切成细丝掺入鱼翅中煨之。我向甘兄建议下次做时只用萝卜丝，不用鱼翅，我们这班人鱼翅吃得多，不觉得珍贵。全用萝卜丝当鱼翅，更见功力。

"试试看，试试看。"甘兄又说。

最后的咸点是"银丝细蓉"。所谓细蓉，是广东人的银丝蛋面加云吞，昔时在街边档吃时用的碗很小，面也是一小撮，碗底还用调羹垫底，让面条略略浮在汤上，才算合格。云吞则是以剁成小粒的猪肉包的，肥四瘦六，加点鲜虾，包成金鱼状，拖了长尾巴。云吞要现包现煮，如果先煮好再用滚汤泡的话，那鱼尾一定烂掉。今晚上桌的细蓉云吞完整，面条爽脆。我指出在街边一碗碗做，也许完美，我们13桌人，共130个碗，碗碗都那么好吃，才叫细蓉。甘兄听了拥抱我一下。

"怎么没有腐乳？"客人问。

"饶了他吧！"我指着甘先生说。

"铺记"的腐乳是一位老师傅专门做给甘兄的父亲吃的，又香又滑，最重要的是又不咸，因为老人家不可吃太多盐。上次聚会，我忽然想起，说要吃他们家的腐乳，甘兄勉为其难把所有的都拿了来，吃得大家呼声不绝，但害老人家几星期没腐乳送粥，真是过意不去。

十年

（上）

很多朋友向我说："看过倪匡和你的电视节目《十年》，拍得真好。"

我自己忙着，还没机会播放电视台给我录的 DVD，又听到在外国的朋友说错过了，故看完用文字记录下来。

首先，出现了字幕"十年"，陈键锋旁白：

"10 年，在历史的洪流之中，只是一粒微尘，不过对香港来讲，是一个大转折。人的一生，有多少个 10 年呢？在回归的这 10 年来，每一个香港人都有一个故事。10 个故事，每一个都有你和我的共同回忆……"

（说到这里，观众已知道这是一个十辑的节目，倪匡和蔡澜的是其中之一罢了。）

"……人生苦短，同一看法，有两种不同的态度。蔡澜喜欢游走各国，近 10 年忽然发力，开食店、搞旅游、做节目，兼进军澳门，旅游和饮食王国的范围不断扩大，忙得不可开交……"

画面单独出现蔡澜，他说："我觉得如果不努力地做事的话，你得到的自由，得到的休息，得到的任何东西，你都不会珍惜。"

画面单独出现倪匡，旁白说："倪匡，移民之前曾自称为汉字写得最多的作家。移民之后宣称写作配额用完，正式退出文坛。2006 年毅然回到中国香港，继续逍遥自在地过退休的生活。"

倪匡本人说："一过六十几岁，我像长途赛跑，已经过了终点。但是过了终点没理由即刻坐下，当然要慢慢停步。但怎么知道一停步，就

停了 10 年。哈哈哈哈。"

　　画面中倪匡指着蔡澜说："他不断地做，明天又要飞匈牙利了。我一听到匈牙利，已经打了一个寒战。我说：'吓死人了，去那么远的地方！前一阵子天热，我 72 小时没出过门。我老婆叫我到楼下去看看有没有信，我都不肯去。'哈哈哈哈。"

　　蔡澜说："好动是我的个性，或者我没有到你那种年纪，还有几年才追得上你。也许几年后，我会停下来也说不定，这些事是很难说的。"

　　"你不觉得辛苦吗？"倪匡问。

"我觉得辛苦就不会做了。"蔡澜答。

倪："做人一定要觉得不辛苦才去做，觉得辛苦就不要做。"

蔡："是。过了某个阶段，就尽量不做自己觉得辛苦的事。"

倪："我说来说去还是这句话：人要做自己想做的事是很难的，不做不想做的事容易一点。"

蔡："是。尽量不做自己不想做的事，尽量不见不想见的人。哈哈哈。"

出现字幕"人生真好玩"，是蔡澜10年前做的电视节目片段，拍的是在倪匡旧金山家中两人见面，倪匡还是很瘦的。旁白说："茫茫人海，相识是一种缘分。10年，并不是一个短的日子，能够相知相识几十年，更是难得。蔡澜和倪匡相识四个10年，早就视对方为莫逆之交……"

画面单独出现倪匡，蔡澜并不在场，倪匡说："第一次认识蔡澜，就到了他的家，拿他家里的电饭煲来烫清酒喝，搞到他家一塌糊涂，他毫无怨言，开心地送我们出来。哇，我就觉得这个小家伙可以当朋友。"

画面单独出现蔡澜，倪匡并不在场，蔡澜说："那时候岳华和他妹妹亦舒是好朋友。我们一起到倪匡兄家，我记得他住在百德新街……"

倪匡出现，说："她在香港生活得不太愉快，她说我们结婚那么多年，最快乐的就是两个人刚结婚的时候，又穷，又要租人家的房间住，又热，那时候反而开心。我说你向往两个人生活很容易嘛，我们两人移民美国，完全没人来打扰我们。所以大家就去了美国。

"我说的时候不知道我女儿申请，那么快就去得了。我还以为有三五年可以拖，谁知道两三个月就批准，那只好去了。"

这时旁白叙述："香港这10年间发生了很多大事，包括1997年亚洲金融风暴、1997 年落实兴建主题公园、2002 年禽流感肆虐、2003 年非典爆发。住在香港的蔡澜和住在海外的倪匡，当时的感觉又是怎样的呢？"

画面单独出现蔡澜，说："人生有很多阶段，到了某一个阶段之后就知道所有的事都会过去。非典的时候，我们都知道一定会过去的，所以就觉得没有什么大不了，不觉得很恐怖，不担心。"

画面单独出现倪匡，说："我觉得在中国香港发生的事反而很接近自己，因为我对香港非常熟悉嘛，比在美国发生的事情还要接近。像 9·11 事件，在旧金山应该是很接近的，但对我来讲好像很遥远；香港非典期间，我离那么远，对我来讲又好像很近。当然担心。"

（中）

画面出现葬礼，旁白说："2004 年发生了一件事，令蔡澜和倪匡感到特别伤痛，他们共同相识的一位好朋友，黄霑逝世。昔日三大名嘴聚乐的画面，至今已成为历史，对于生死，黄霑早有看法……"

节目播放 1997 年《蔡澜人生真好玩》的片段，蔡澜和黄霑特地到旧金山找倪匡做访问。

蔡："万一有病的话，是不是选择死呢？"

黄："如果病和死要选的话，我倒没有那么笨。"

倪："为什么？"

黄："因为我贪生，如果病和死……"

倪："（打断黄的话）那当然是不会好的病，能好的病医一医就好，有何所谓？你真的傻，难道你一伤风就想去死吗？"

三人大笑。

黄："老实说，如果真是那种病，不如快一点吧！"

画面出现三人在倪匡家烧东西吃的各种情景，旁白说："倪匡曾经讲，最常去美国看他的人就是黄霑和蔡澜。老朋友离世，他们觉得如何呢？"

回到拍摄现场。

倪："他骂我，我就骂他。大家不对就互相吵起来，我和他意见不合的事多，不知吵了多少次。吵完就没事，知道他一定不会在背后害我，他当面对我多不妥都好，在背后能帮我就一定帮我。"

蔡："黄霑生前我和他开玩笑，说人生不过生老病死。生，你已经生下来了；老，你已经老了；病，你有钱医；死，人一定要死。他听了要打我。"

出现字幕：以平常心对待生死。

蔡澜和倪匡两人对坐。

蔡："为什么有人会怕死？就是因为他们还没有达成人生的愿望，没有吃过好东西，没有去过想去的地方，就怕死。"

倪："有道理。"

蔡："还有做人自信心不够，觉得老了之后没什么事做，一病了又怎么办？所以怕死，不舍得。"

倪："其实没有什么不舍得的，人生下来根本什么都没有，所以没有什么舍不舍得。"

蔡："（笑）你可以去做和尚，做禅宗的一代宗师。"

倪："有些人一直在写格言，说什么放下、看破，我说他们很难放下。有钱人怎么放得下？我没钱又有什么所谓呢？身边只有一张八达通，不见了就算了。"

蔡："我就不行了，我还有很多东西要玩。"

倪："你当然不行。你有那么多女朋友，没钱怎么办？"

蔡："（摇头）我用钱的本事，大过我赚钱的本事。"

倪："我觉得这种人才最幸福。有人说，如果你死去，就算你剩下一元钱，都算耻辱。钱要花光才行。"

蔡："对。我好像小时候就知道了。"

倪："钱不花，到死后一点作用也没有。"

蔡笑。

倪："年轻的时候应该怕死一点，好像到我这种年纪就不怕了，只怕死得辛苦，我真怕死得辛苦。"

蔡："只怕死得辛苦，死得拖延。"

倪："人一定要死的。他死了你伤心干什么？一定要发生的事，你没理由伤心。"

蔡："有这么一种讲法，如果你一直怀念这个人，就会把这个人留在这里。他就算死了，你觉得他还在，你执意地把他留住，他要到极乐世界，也被你绑住，那么不如不用那么想念他，让他走吧。这种说法有人听得进去。"

倪："各有各的讲法。"

蔡："不同的人有不同的说法，对什么人讲什么。对一些人，你说死就死吧，那么他家人一定会用扫把把你赶走。"

倪大笑。

画面出现"人生配额"的字幕。

倪："我有各种配额，都用光了，吸烟的配额用光了，喝酒的配额也用光了，写作能力的配额也用光了，很多，还有一些关于隐私的配额，我不便公布，也用光了。"

蔡澜窃笑。

倪继续："还有我走路的配额也用了一半，要拄枴杖了。呼吸的配额还在，呼吸配额不在就死了。我很佩服有些年纪比我还要大的人，活动能力强得不得了，好像不知道有死亡这种事一样。他们的生命力强，我和你可能比较消极一点。"

蔡："我昨晚写了篇文章，说应该向你们学习：查先生八十几岁还去剑桥大学读书，做什么都很积极，什么都做，而你呢？你却什么都不做，活到 70 岁，每一天都是奖金，每一天都是赚回来的。"

旁白说："对于香港，一直在香港生活的蔡澜，和告别香港 13 年的倪匡，两个老友的看法又是怎样的呢？"

倪："我没有看过一个地方，可以包容这么多意见不同的人，这么多生活习惯不同的人。在一起生活，互相之间虽然有摩擦，但是不打架，而且互不干涉：我主张这样，你主张那样，大家完全可以在那么小的地方生活下去，各人头上一片天，以前如此，现在也如此。"

蔡："香港人，我认为是中国人中被磨得最尖锐的一群人，怎么都能生存下去，很厉害。你说这是香港精神也好，我也不知什么是香港精神，我只知道香港人是挺聪明的人。"

（下）

旁白："这 10 年来，香港放宽自由行，多了内地人士出入境。另外，2003 年推出投资移民、2006 年公布优秀人才入境计划等方案，都令香港多了祖国同胞，倪先生对此有什么看法？"

倪："香港多了很多美女，我在铜锣湾逛街时看到。哇！·高过我整个头的美人不知多少，看得赏心悦目，非常开心！"

字幕出现：香港内地化？

倪："一定会觉得愈来愈像中国的一个城市，因为它本来就是中国的城市嘛。"

蔡："优势永远会在那里。香港人经过那么多年的训练，加上磨炼那么多年的求生能力、受到的教育等，生存下来的个个都是精英。"

旁白："一对好朋友，一个周游列国，不过觉得还是留在香港最舒服；一个移民之后回流，到底魅力之都的吸引力在什么地方？"

倪："香港人与人之间的地位基本是平等的，一个人既不用特地对你谦虚，除非有目的，又不会特地对你骄傲。我觉得香港人对我亲切多了，现在香港人在街上看到我，个个都对我笑，我又不知道自己有什么好笑的，可能是样子滑稽。"

蔡澜大笑。

倪："个个都说中国香港空气差，我不觉得，真奇怪。旧金山的空气好是全世界闻名的，但我在旧金山一天要打几百个喷嚏。这次回来带了六箱美国的卫生纸，因为美国的卫生纸比较柔软。来到这里，竟然不打喷嚏了。"

蔡："（纠正）不是卫生纸，是面纸（笑）。另外一个可以证明的，是香港的男人，不是女人，是全世界最长寿的。"

倪："是第二吧？"

蔡："第一。"

倪："第一吗？不是冲绳岛人第一吗？"

蔡："不是。冲绳岛是女人第一。香港是男人第一。"

画面出现烟火表演，字幕打出"只限老友"。

倪："和蔡澜旅行，所有旅客能享受的东西，差不多都是顶级的。吃的东西之多，真是不得了。人家形容蔡澜的旅行团，手抱着的孩子，也给他两只螃蟹吃。哈哈哈哈。食物多得叹为观止，睡的又是最好的酒店。"

蔡："倪匡兄是不太喜欢出门的，其实我们两人去哪里都一样开心。"

倪："是的，开心就行，但是我会疲倦。我身体不好，人又肥，多走几步路都气喘，每次都要他扶着。和我旅行，他也很辛苦，莫名其妙地多一个肥佬要照顾，哈哈哈哈。"

蔡："你愿意的话，任何时间都奉陪。"

倪："他生活讲究，要精致，穿衣服要漂亮，吃东西要好，身边女孩子也要漂亮，坐飞机要头等或商务舱，好舒服，好懂得生活享受。我就不太懂了。他出身好，是新加坡富户，我是上海贫民。"

蔡："我爸爸也是一个文人，那时候的文人有多少钱赚？"

倪："蔡澜和我讲故事，说他到日本留学时，嫌即食面不好吃，写信告诉他妈妈，他妈妈回信说，即食面怎么会不好吃？切点鸡丝、火腿丝，再加点葱花就好吃了。"

蔡笑而不语。

倪："我这个人懒惰是天生的。过得去就算数。我很随便，我写稿也是这样。写那么多稿，写完从来不看第二遍，过得去就算了，有点错有何所谓？完全不讲究的。"

蔡："我就挑剔一点。"

倪："我过几天要搬家，装修好了以后我去看，有两盏灯点不着。我老婆说叫人来修理，我说反正有四盏灯，两盏不着就不着，任它去吧，她说你这样也能收货！不行呀，一定要叫人修理。我无所谓。"

字幕："下一个十年"。

倪："哈哈哈哈，蔡澜我不敢讲，我肯定不在，已经化了灰，哪里还来的10年？有没有搞错？我1935年出世，今年72岁，再有10年就不可思议了。虽然有人80多岁还很健康，我没有想过能活那么久。"

蔡："呀，这种事情不要去想。"

倪："我是根本不理。"

蔡："我们20多岁的时候，觉得三四十岁的人已经老了。"

倪："日子过得快。"

老友倪匡

重聚

"你整天请我们吃饭，不行，不行。"

当70岁的倪匡兄离开了香港13年，回来后的第一个早上，我们在

一家叫"翠华"的店里吃完饭，我付钱时，他说。

"茶餐厅罢了，付不起吗？"我反问。

"不只是倪太和我两人，我们一出门就是一家人，每次都要你付账，那还得了？"他说，"而且，这次我一住，至少两个月，才回旧金山。"

说得不是没有道理，我建议："不如这样吧，你把你的生平告诉我，让我替你做个倪匡公式电脑档案[①]，英文说成'THE OFFICAL WEBSITE OF NEE KUANG'，用来吃吃喝喝。"

"哈哈哈，你骗人，电脑资料哪儿赚得了钱？"

"先在杂志上发表，领了稿费再出书，又有版税。二一添作五，一人一半。或者全部给你都行，我只求有题材交稿就是。"我说。

"老朋友了，你说什么就是什么，稿费和版税都不可以分。"

"容后商议。"跟他聊天多了，学了他讲话时喜欢用的四字文言文。

"你来香港时第一次吃的是什么饭？"

"叉烧饭。"倪匡兄说，"天下怎会有那么好吃的饭！一大碗，上面铺着几块叉烧，肥得油都漏了出来，流到碗边，再滴在手上。啊！那种感觉，还没有吃，已知道是又香又甜的；我只看着，就笑了出来。到了现在，我一看到一大碗饭，也还会笑的。"

"上海没有叉烧饭吗？"

"有，在上海也见过叉烧，但不是每一个人都吃得起的。"

"到了香港，怎么干活？"

"那时候有一大群像我那样的年轻人，都集中在一起，很团结。我

[①] 即官方网络档案。——编者注

们蹲在工地上，等工头来叫去打工，日薪三块七，给工头抽去八毛，剩下两块九。二三十个人，被叫去十几个，剩下的人没工开，等大家回来，分了钱，一起吃。有时候钱不够吃饭，就分了去喝咖啡。"

"喝咖啡怎么喝得饱？"

"有糖呀！"

"糖？"

"看到桌子上一缸糖，我问要多少钱，朋友们回答不要钱。哈哈哈哈，有这种事？糖不要钱？当然拼命放咯，我到现在喝茶、喝咖啡，还是要放很多块方糖的。"

生饭

"来了香港之后，你是怎么写起小说来的？"我问倪匡兄。

好像是昨天的事，他记得很清楚："一群从内地来的青年，在荃湾地盘等开工，闲起来就看看报纸。副刊上有篇万言小说，每逢星期日出一次，我一面看一面说：'这种东西，我也会写。'没有人相信，我就花了一个下午写给他们看。"

"后来呢？"

"后来写杂文稿。"

"一投就被用吗？"

倪匡兄大笑："说也奇怪，一生中投稿，真的没被人退过。"

"杂文的稿费呢？"

"没有稿费。他们说报馆小，付不出钱，我说没关系，反正闲着。

投得多了，他们问我有什么事做，我说没事呀，那么就叫我到报馆去当帮手。"

"工资是给的吧？"

"130 块一个月，分两期，每期 65 块，我又笑了三天。社长叫陆海安，很年轻，才 30 多岁。当时报纸上还有一个叫司马翎的人写武侠小说，一天 2000 多字，写了一半断了稿。陆海安问我怎么办？我说由我来写好了，帮他续了一个星期的稿，后来他又写回。就写了一下，他老兄干脆不写了，陆海安叫我写，我就写完那篇小说，反正看得多了，就会写。那是 1959 年的事。"

"写武侠小说也算在工资里面吗？"

"不，不，千字三块，一个月另外有 180 块收入，又笑了三天。我什么都写，连影评也写。"倪匡兄说。

"又笑了？"

"不，不。影评是不拿钱的，写着玩罢了。那时候张彻也写影评，发表在《新生晚报》上。他的影评可是怪了，不评电影，只评其他人的影评，像是个皇上皇。我说这部电影好看，他说我讲得不对，两人对骂起来，做了朋友。"

"和《明报》的渊源呢？"

"张彻介绍了董千里给我，都是上海人，谈得来，他当时编的《武侠与历史》，也是《明报》出版的，我就开始在那里写武侠小说。"

"用什么笔名？"

"叫岳川。"倪匡兄说。

"第一篇小说的名字记得吗，有没有存稿？"

"短篇不记得，长篇还有印象。"

"不知道在什么地方了。"

我说："我把这些线索记下来，万一读者中有人剪下，看到了也许会寄给你。"

"谈到旧稿，就像老友重逢，很有趣的。"倪匡兄说。

"还在什么地盘写稿？"

"那是写作欲最旺盛的时期，什么都写，《大公报》上讨论一本小说，我也参加一份，投稿批评，结果也登了出来，虽然也没稿费。"

"听说你在某日报上也有个专栏？"

"对对，每天一篇，1000 字，有八块钱赚。"

"那时的八块钱有什么用？"

"哼哈，八块钱可是不得了的，和李果珍谈恋爱时，三块钱看电影，吃五块钱的饭，还有四个菜呢，所以那个专栏叫'生饭集'。"

"生饭？"

"是呀，写几个字，饭就生出来了，不叫生饭叫什么？还有另外一个意思，上海人骂人，说'你是吃了生米饭？'，我的专栏每天都在骂人，这个栏目名用得恰到好处，哈哈哈哈。"

第一桶金

"你正式的第一份长工，是在《明报》，我们就从《明报》谈起。你是怎么认识金庸先生的？"我问。

倪匡兄说："我在《武侠与历史》的文章愈写愈多，中篇、长篇都有，在《明报》成立二周年的酒会上，应该是 1961 年吧？我见到了

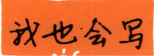

查先生，他就叫我到《明报》去做事。"

"最初的薪水有多少？"

"一个月 630 块，由沈宝新先生发的，其中有一张 500 块的大牛，香港人叫棉胎的，真的像被子一样大。拿回家后，和倪太两人拼命往墙上刮。"

"刮墙？"

"是呀，看看是真的还是假的。"

"刮墙怎么会知道？"

"往涂得粉白的墙上刮，真币会留下一点点的颜色，假币一点也留不下，真奇怪，用过棉胎的人都知道。"倪匡兄说，"刮出颜色，当然又笑了三天。"

"到了《明报》，做的第一件事是什么？"

"当年是武侠小说的全盛时期，报纸上除了查先生的文章，还需要人写大块头，2000 字左右的。找不到人写，就叫我写了。"

"记得叫什么吗？"

"《南明潜龙传》，一连载，就

连载了几十万字，还出了书，查先生难得地替我写前言，他说看了一定会满意。这本书后来还有人记得，批评我写得一塌糊涂，我承认。我没有说自己的文章写得好，看得下去就是嘛。"

"后来呢？"

"后来愈写愈多，报纸上已经有两篇武侠小说了，还要写一篇新派的，所以要用很多不同的笔名。"

"薪水照旧？"

"不，查先生很大方，另给我千字十块钱，但是合同订得很怪，十块钱之中，有六块是稿费，四块是版权费，今后出书，公司不必再付。"

"什么叫新派武侠小说？"我问，"不是科幻吗？"

"就是用现代的人物罢了。我写第一篇就是用卫斯理当主角的，一点科幻成分也没有。"

"后来怎么变为科幻的？"

倪匡兄说："我向查先生说，与其写新派，不如来一点和旧的不同的东西。"

"查先生也接受了？"

"他说没有问题，尽管写好了。我便开始用冬虫夏草做题材，写细菌侵犯人体的故事，大受欢迎。"

"这些稿子有没有存底？有没有出过书？"

"所有卫斯理小说都出过书，还要感谢一位叫温乃坚的先生，他也是文化圈中的人，会写新诗，把所有卫斯理的报纸原稿都剪下来送给我。我记得我在第一本书的后记上写过，说如果太阳系中没有温乃坚，就没有卫斯理了。"

"出书拿不到版税吧？查先生合同上写明的！"

"这一点查先生倒很宽容，后来出书，版税照给。"倪匡兄说，"也真要谢谢他。"

"有没有'偷吃'，也替别的刊物写？"

"在《明报》一写，出了名，当然其他老板和编辑都来抢稿。"

"最多的时候，有多少篇？"

倪匡兄说："每天12篇连载的小说，四五个专栏。"

"哇！"我叫了出来，简直只有外星人才有这种本领，"加上剧本费，那还得了！"

"最初还没有写剧本，先卖版权。电影开始走入全盛时期，版权制度也已经建立，大家都来买我的书去拍电影，每本可卖一两千块。"

"第一个版权卖的是什么？"

"《六指琴魔》，到现在还有人想重拍，真好笑。我说买来干什么？叫成《七指琴魔》，就不必再付了。哈哈哈哈。"

"存了多少钱？"

倪匡兄又笑了："每次存够了，就去买金条，一条一条存，积了一百两。拿去换了现钞再炒黄金，买空卖空，存了十年的第一桶金，在一个月之中完全亏掉，输得干干净净。也好，要是赚了还有什么兴趣写稿？哈哈哈哈。"

编剧大王

"第一个剧本叫什么？"我问。

"最近出版了一本张彻的传记，访问中他说我为他写的第一个剧本是《金燕子》，其实不是。"倪匡兄说。

"这个我也记得。"我说，"《金燕子》的角色，是从胡金铨的《大醉侠》中一个人物演变出来的，当年郑佩佩很红，张彻为了用她，自己写了那么一个剧本，但是他真正想捧的是王羽。故事从金燕子出发，愈来愈着重在男主角身上，郑佩佩发现时，已经太迟。《金燕子》的外景在日本拍，由我负责组织，同时拍摄的还有一部罗烈主演的《飞刀手》，那才是你编剧的。"

"你说得没错。"倪匡兄说，"张彻叫我写的第一个剧本，是《独臂刀》，在 1967 年。"

"你没经过训练，怎会写剧本？"

"我的剧本哪里是剧本？不过是中篇小说罢了。"倪匡兄说，"剧本上面写着时、地、人。一场又一场分开，等于第一章、第二章……写的完全是文学剧本，与电影手法无关。会写小说，就会写剧本。"

"剧本费多少？"

"我记得我和邵氏签过三张合同，第一张 5000，第二张 8000，第三

张 1 万。后来再加，最后帮邵氏写的那一个是 5 万。"

"一共写了多少个？"

"根据《邵氏经典》那本书，记录了我编剧的电影有 260 部。"

"何止？"我说，"还有写了没有拍的呢？有些拍不成，可能是谈了题材之后觉得过时，也有导演没处理好的。当年的剧本还寄到新加坡邵仁枚先生那里过目，认为星马 ① 检查有问题的，也拍不成。反正你老兄是收了钱不退货的，没计算在里面的最少还多出 100 部来。"

"后来国泰也找过我写。"倪匡兄说。

"合同订明是不准给别的公司写的。"

"不挂名就是。"倪匡兄说，"邵逸夫先生很大方，没找我算账。"

"那是电影的黄金年代，还有中国台湾导演要的呢！"

"是呀，台湾电影，剧本费要多一点。"他承认，"写了多少个，我完全忘记了。"

"钱呢？"

"一半给了倪太，另一半，我花光。"

"哇，那是两三万块钱可以买到一套楼房的年代呀！"我问，"你们的第一套房子是怎样的？"

"是一套在九层楼，没有电梯，要一口气爬上去，反正年轻，当成运动。第二套买在铜锣湾的百德新街，倪震就是在那里出世的。第三套在赛西湖。"

"百德新街那套我去过，和你们一家推着车子，在大丸百货公司食

---

① 星马指的是新加坡和马来西亚。——编者注

品部买东西。"我说。

"还有一套是买给我爸和老妈的，记得是四万块钱。那时候的宾士（即奔驰）也是四万块钱一辆，我考虑过，买车还是买房子呢？结果还是买了房子。要是买车的话，那我就是第一个坐宾士车的编剧了。"

"没有你来提高，剧本在香港电影制作费中，是不成比例的。"我说，"但是事隔那么多年，到现在还是偏低。"

"台湾导演来抢时，才又多了一点，那时候我已收六七万块一个剧本。"

"我记得你是一个星期写一个的。"

"也不知道为什么非要快开戏才来找人写剧本，不能早一点想好一个故事，事先组织好再找编剧吗？每一次来叫我，都是十万火急。别人写不出，只有我写得出。"

"传说中，有台湾导演求你写，你答应一个星期给他们，结果三天就写好了，放在抽屉里，他们再怎么催也不给，有没有这么一回事儿？"

"有的。"倪匡兄说，"尤其是对付那种不知道要些什么的导演，不必同情。"

"不知道要什么的导演太多了。"我说。

"可不是吗？其中一个，要我去参加讨论会，你知道我从来不做这种事的，给他苦苦哀求，结果去了，晚上谈好的，三更半夜打电话来改。改好了，第二天早上又全部推翻，最后我生气了，用标准的广东话向他说：我才不和你们这班家伙混吉①！"

"你和张彻配合得最好。我记得在拍摄现场看他拿着剧本，第一行，用线画了一下，是第一个镜头；第二行第二个，依此类推，真是天衣无缝。"

"我也记得。"倪匡兄说，"写到打斗场面，我就声明：此处请武术指导设计，哈哈哈哈。"

"你看书看得那么多，要拍些什么戏，和你讲个题材和要多少人物，你马上交货，有情节就行，写打斗的干什么？最要紧是与你谈得来。"

"我和邵氏的合同，还有一个无理的条件，与你也有关系。"

"什么关系？"我问。

倪匡兄笑着说："和我谈剧本的，只能有两个人，一个是导演张彻，一个是制作经理蔡澜。"

冧女大王

冧，这个字，只能用于广东话，意思是说讨好、惹人喜欢，哄得人家舒舒服服。

冧女，是令女性爱上你。

"你和倪太是怎么认识的？"我问。

倪太本名李果珍，倪匡兄在别人面前直呼其名，但是在私底下，至

今，还是亲密地称她为"妹妹猪"。

冠倪匡兄为冧女大王，可不是没有根据的。

"来了香港，除了求生，也得自我增值。"倪匡兄并没直接回答我的问题，"我白天在地盘做散工，晚上就到联合书院去念夜校。"

"读什么？"

"新闻系，李果珍修英文，有一堂课用同一个教室。入秋，天气很冷，一阵风吹来，李果珍回头一看，后面的门开着，我记得那一眼，很动人。"

"那还不快点去关，呆在那里干什么？"我问。

"我当然跳了起来，一个箭步冲上去，把门关上，李果珍向我笑了一笑，我就决定一定要娶这个女子了。"

"后来呢？"

"后来有一次，两人都在等巴士，巴士没来，就趁机搭讪，和她一起从坚道散步，走下山坡到大路去搭车，边走边谈。"

"谈些什么？"

"李果珍说，我怀疑你是不是一个人？"

"当然是人，难道是外星人？"

"你没听懂。"倪匡兄说，"当时她也看我的文章，说怀疑那个作家是不是我，我说我本来就是那个人嘛，从此聊起来，聊个没完没了。"

"恋爱谈了多久才结婚？"

"三四个月吧！"倪匡兄说。

这种速度，依照当今的人看来，已是闪电了。

"那是哪年的事？"

"1959 年。"

"你多少岁？"

"我 23 岁，李果珍 20 岁，到了婚姻注册处，注册官拼命摇头，说太年轻了，太年轻了。"

"双方家长是同意的？"我问。

"唔，我那时候的广东话还没说得好，誓言上有一句：某某人'清心发誓'，我听成'青山百岁'，怎么结婚和青山有关系？真是听得糊涂了。"

这时候倪太走了过来，接了倪匡兄的口，说："当年学校有个教授，说我是明珠暗投。"

"没有骂说一朵鲜花插在牛粪上，已算是客气的了。"倪匡兄赖皮地说。

倪太没有好气："倒有一失足成千古恨的成分。"

我笑了出来。

"他妹妹亦舒也一直问我。"倪太说，"为什么什么人不找，要找到这个麻甩佬^①？"

"别说了，妹妹猪。"倪匡兄抱着倪太又亲又吻，我转过头去，伸出舌头。

"结婚之后，马上有孩子的？"我问。

"不，不。"倪匡兄说："我们 1959 年结婚，到了 1963 年才生倪穗，16 个月后生倪震。"

晚饭时间到了，我们一起散步到餐厅，倪太的妹妹、妹夫、弟弟、

---

① 麻甩佬，广东方言，一般指喜欢挑逗女性的男性，含贬义。——编者注

弟媳都出席。

我问倪太的妹妹李果珠："你们两姐妹嫁给两兄弟，你的先生，也就是倪匡兄的弟弟倪平，是不是像他一样，一个粄女大王呢？"

"才不呢。"李果珠说，"他平时一句话也挤不出来的。"

"那是怎么恋爱结婚的？是不是倪匡兄推荐？"

李果珠说："当年倪匡的爸爸妈妈要从香港搬到台湾去住，不放心没结婚的儿子倪平，把我叫了去，说交给你照顾好吗？等于是相亲相出来的，和倪匡无关。"

"他们就和我有关了。"倪匡兄指着倪太的弟弟和弟媳领功，"当年我们搬到百德新街，隔壁住了一个美丽的少女，李果珍的弟弟常到我们家，带着倪穗出去玩，少女说这个小女孩很可爱，知道不是他的女儿之后，两人谈起恋爱来，才结婚的。"

"是你主动？"我问倪太的弟弟李博士。

"是我主动。"他太太说。

李博士很骄傲。

他太太补了一句："有时，也要趁机会给男人一个面子的。"

问回倪匡兄，我说："你有没有像写剧本一样，男主角向女主角说'我爱你，请你嫁给我吧'？"

"这种事在现实生活中怎么做得出来？"他反问，然后看了倪太一眼，"我是老老实实地跪了下来，送上戒指，然后说：'我爱你，请你嫁给我吧！'"

"鬼才相信他这种话！"倪太假装生气，甜在心里。

倪匡兄，不愧是粄女大王。

"你有没有算过你写了多少字？"我问。

倪匡兄回答："从来没算过。你这么一问，我们可以统计一下。"

"以什么做标准？"

"我通常在一小时可以写 11 张稿纸。"

"400 字的格子纸？"我问。

"不，我印的是 500 字的，比一般的标准 A4 纸大，是 B4 的尺寸吧。"

"我也学你，用 B4 印稿纸。"我说。

"我的稿纸上有几方印，闲章我自己刻，名字是倪匡的印，还是出自你的手笔呢。"

"惭愧。"我说。

倪匡兄继续："11 张 500 字的格子纸一共 5500 字。一小时 60 分钟，一分钟 60 秒，六六三十六，一共也不过 3600 秒，我写一个字不到一秒。"

"哇！"

"我吃吃喝喝，玩玩贝壳，听听音乐，一天写作三小时多一点，平均有 12 000 字。"

"哇！"我又叫出来，一天写 12 000 字，实在厉害。

"一年 365 天，我写到停笔，算它 30 年，那么有多少字呢？"倪匡兄轻描淡写。

"哇！"我的心算不好，又没有计算器，胡乱统计一下，至少有几亿字。

"我不能说我是全球最多产的作家，但的确是天下写汉字写得最多的人，洋人不会写汉字，再多产也不能和我比。哈哈哈哈，高阳常常扬扬自得，说他写得最多，后来我忽然在中国台湾出现，他甘拜下风，说文字有奥林匹克的话，他最多拿铜牌而已。"

"一共出了多少本书，你记得吗？"

"武侠小说有几百本，大多数已找不到了。卫斯理比较有系统，由明窗出版社出版，加上《原振侠》，也有90多本吧？电影剧本有400本。"

"你的字那么潦草，有谁看得懂？"

"真奇怪，怪字有怪人看得懂，抄剧本的有一位叫蔡龙的，本事可大，错字极少，一个个字工整得像活字印刷。报馆里的排字工人本领更大，一队人中一定有一个能看懂我的字。有时半张稿纸寄失了，他还会替你续完呢，哈哈哈哈。"

我也笑了出来，倪匡兄继续说："这是一件真事，有家出版社的排字工人是个女的，只有她认识我的字，后来我不给那家出版社写了，害得她失业。"

"你已经学会用电脑，没有用电脑写稿？"

"输入法我会手写和九方格，但速度太慢，只和朋友通信时用，很短的文章还可以，长了就不行。"

"那声控呢？"

"环境有点杂音，声控就失效！要在完全宁静之下才能发挥功能，像我住旧金山，白昼和三更半夜一样静的话，电脑就能跑出字来。如果楼上开水，或者车过马路就没用了。旁边有人吵架的话，电脑更会疯掉！"

"最近有人要作家捐出手稿来开展览会，结果发现只有不到十个人用手写。"我想起，"亦舒也是手写的。"

　　"说起亦舒,"倪匡兄说,"单单是散文集已有 100 多本,小说也有 300 本以上吧? 真厉害,那么多年来在《姊妹》和《明报周刊》的连载从来没断过,每期也有 4000 字吧? 我自己要是当不上写汉字最多的作者,我们兄妹两个人加起来,绝对是天下第一! "

　　"亦舒的书,一向给'天地'出版,你的书为什么有那么多出版社? "

　　"本来都交给'明窗'出版,就算了。哪儿知道当年负责出版社的人叫许国,他完全没有兴趣为别人出书,不止没兴趣,还看人有书就不开心。我的书卖光了,要求他再版,他反问:'卖完了又怎么样? '真是怪人。"

　　"所以他也写怪论,叫'哈哈怪论'嘛。"

　　"是的,人虽然怪,我倒很佩服他,不止文章写得好,对篆刻也很有研究,图章刻得好得不得了。"

　　"你这次回来,我看到还有很多读者拿'明窗'出的第一版卫斯理书让你签名。"

　　"那些书纸质又差,封面设计得又很坏,有一次我忍不住了,拿去给金庸先生看,他才叫许国改好一点。"

　　"许国是喝酒喝到脸黑,60 多岁死去的。"

　　"那是肝病。"倪匡兄说,"古龙最后也喝黑了脸。"

　　"唉,有毛病就不喝嘛。"

　　"是呀,像我一样,有量就喝,没量算了。"

　　"你现在真的是封笔,一个字也不写了吗? "我转个话题。

　　倪匡兄说:"写了几十年,做梦也梦到一叠叠的稿纸。我记得当年《明报》送来两大叠空白的稿纸,我把它堆在墙边,从地板到天花板那么高。倪震去外国读了两三年书，回来时那些稿纸完全用完。他向我说：'那么多张稿纸，只能换到我的一张毕业证书！'哈哈哈哈。"

诸多嗜好

"你的兴趣那么多，今天，我们就来谈谈这个话题。你最喜欢的是什么？"我问。

倪匡兄回答："还是养鱼吧。"

"有什么特别原因吗？"

"如果硬要有一个理由，那也是从小的时候谈起。学校附近有条河，河里什么鱼虾都有，抓回来养在宿舍里，被校监发现了就没收。没收了我又去抓，又被没收，鱼缸也被拿走，最后我把鱼养在一个茶杯里，还是被没收。从此，我发誓一有条件，一定先养鱼。"

"来了香港，有了收入，就开始了？"

"是的，家里的鱼缸一天比一天多，一个比一个大。我各种鱼都养过，但是养鱼的毛病，是鱼会死掉，死了不捞出来的话，过几天就不见了，大概是给别的鱼吃掉了。最后一次养了一大缸吃人鱼，放一只青蛙进去，一下子整缸是血，吃得干干净净。其中一尾跳了出来，我用网网住它，想放回缸里，哪知道它隔着网也咬了我一口，血流不止，真是厉害。"倪匡兄说起，还心有余悸。

"后来怎么不养了？"

"一天，忽然气温下降，那么多缸的鱼，完全死光。刚好张彻拍《哪吒》，有一场水底的戏，要找一个大鱼缸，因为那是宽银幕综合体拍摄，普通的不够大。到处找，找不到，我听后说家里多的是，借了一个给他，结果那场海底摄影，就是隔着鱼缸拍成的，哈哈哈哈。"

"怎么从养鱼转到收集贝壳？"

"同样是海里的东西嘛，鱼容易死，贝壳不会。"

"收集了多少个？"

"3000 多个吧？"

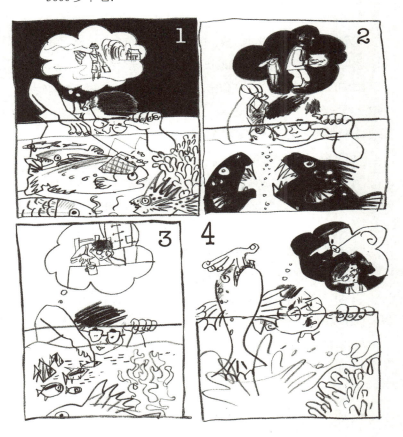

"最珍贵的是什么？"

"一种叫'龙宫翁戎螺'的，是世界上唯一拥有两副消化和生殖系统的生物，以为是绝种，后来在台湾发现，轰动了整个生物界。当年也要卖到两万多港元一个。现在几十万吧？"

"你有多少个？"

"四五个吧？"

"后来呢？"

"贝壳收集得多，没地方放，在隔壁租了一间屋子贮藏。电影界听到我收贝壳，都替我去找，我说找到稀奇的，就免费写一个剧本交换，结果收来的都是废物，他们不懂嘛，还是要靠自己。有时是向其他团体购买，钱一寄出，一个邮包送来，打开一看，全是颜色鲜艳得不得了的品种，那种喜悦，是别人感受不到的。

"那怎么一下放弃的呢？"

"有一大堆贝壳，放在房里，大概是晒干时螺肉没有弄干净，生了成千上万只的曱甴①，向我涌过来，连恐怖电影都拍不出的画面，我即刻生厌，不要了。"

"还要求人来拿呢！"这时倪太走过来，插了嘴。

"那么至少要留下一两个'龙宫宝贝'呀！"

"不要了就完全不要，不能藕断丝连。"倪匡兄趁倪太走开，偷偷地说，"女朋友也是一样的。"

"邮票呢？有没有收过？"

---

① 曱甴，蟑螂的别称。——编者注

"我是中国早期邮票的专家，"倪匡兄自豪地说，"邮票要是到邮票行去买，就太贵了，得去拍卖行收。"

"你自己去参加拍卖？"

"不，不，"他摇头摆首，"我太冲动了，和内行人一争，那就糟糕了，只有派倪太去拍。"

这时倪太又走过来，我问："你怎么学会拍卖的？"

"我才不去学这些东西，倪匡叫我手举起来，不放下就是，别人知道我不是专家，不会来和我争。倪匡知道哪一张最好，错不了。"倪太解释。

"最好的是哪一张？"

倪匡兄说："是张叫'红印花小字当一圆'的，跑到伦敦去才拍卖到。那时候是两万多英镑，到了手，仔细一看，中间有一个针孔，就退了回去，不要了，后来才发现全世界只有 34 张，包括那张有针孔的，每张都要卖到 40 多万英镑，才知道走了宝 ①。"

"后悔了？"

"不是你的就不是你的，后悔些什么呢？"

"谈谈做木匠的年代吧！"我说。

"最初想买一些木板来遮太阳，不让金鱼缸太热，后来收贝壳，就做起柜子来。订了几十块木板，放在家里，熏得眼泪都掉下来。"

"怎么会？"

"木板涂有防腐剂嘛，怕虫咬。"

"倪震说过，你做了柜子，把他推进里面，问他有没有光线漏入，

---

① 粤语，意为看走眼了。——编者注

他当年多少岁？”

“五六岁吧！”倪匡兄说，“那孩子聪明，当然说很黑，什么都看不到了，哈哈哈哈。”

倪匡兄就要回旧金山，有关他的其他乐事，要另找机会，才能记在这个公式档案里面了。

搬家记

老友见面，大笑四声。

倪匡兄终于回到香港来长居。

“那么多东西，怎么处理？”我问。

“找了一家搬运公司，说一个货柜，小的收我 7500 美元，大的 8500 美元，我就干脆要个大的。”

“一个货柜就够了？”

“其他的都丢掉。找东西时，倪太发现一个地址，是上次从香港运东西去的公司，就打个电话去比较价钱。那个人一听，还记得，说大作家肯再次光顾，一定要算便宜，特别优待。”

“结果减了多少？”

“小的 7300 美元，大的 8300 美元。减了 200 美元，我才知道，大作家“倪匡”两个字，一个只值 100 美元，结果还是找回那家搬运公司，哈哈哈哈。”

"那个仙人掌球怎么办？"我记得它双臂合抱也只能抱半个那么大。

"新屋主的三岁大女儿，一看喜欢得不得了，就要去抱它，我即刻把她拉住，长满了刺，还得了？新屋主说不能留了。有一家我常去买花的店铺要，就送给了他们。来了四个大汉，先用木板搭了个盒子把它包住，再连根拔起，也刺伤了两个人。"

"水箱呢？"

"十几个三英尺① 乘六英尺的，全送给水族馆，单单是挖水箱底的泥，也堆积如山。请人来倒垃圾，一车 500 美元，我看到那辆车那么小，搬几十车也搬不完，只有请另外一家公司一次性包了，不然怎么算？"

"汽水呢？"他的杂货间里，什么都多，减肥可乐一买就是几十箱，还有罐头汤、糖果、饼干，等等，俨如一个小型超市。倪匡兄这个人，一向大手笔。

"全部倒掉。"

"美国不是流行车房贩卖的吗？"我问。

"能卖多少？有人要已经欢天喜地，最受欢迎的倒是壁炉外那堆木头，一块也要 10 多美元，邻居拿了，高兴得不得了。"

"家私呢？"

"新屋主要了一点，倪穗的朋友把其他的拿走。"真有眼光，那都是旧屋主的收藏，当今最流行的 Art Deco② 年代的作品。

---

① 1 英尺约为 0.3 米。——编者注

② 即装饰艺术运动，20 世纪二三十年代的欧美设计革新运动。——编者注

"结果连床都搬了，倪太和我两个人，在最后那几天睡沙发，睡得腰酸背痛。"

"那辆残障人士的摩托车呢？"

"也当垃圾扔了。"倪匡兄说，"新屋主给我们一个月限期，起初还以为有足够时间，后来一天一天迫近，东西还是那么多，紧张得要命。"

"船到桥头自然直嘛。"

"我把东西一箱箱丢，倪太一箱箱打开来看，怎么'直'得了？"

"那个货柜，装了些什么？"

"书呀！我已经扔掉几十箱，送人也送了几十箱，剩下的字典和其他工具书，也有几十箱呀。家里那几张按摩椅，用惯了舍不得丢，留了三张，也一起装进里面。看到还有很多夹缝，就把面纸都塞在空隙中。"

"面纸？"

"是呀，中国香港的面纸，没美国的那么软，我一天打几十个喷嚏，要用很多，就买了几十箱。现在回到香港，喷嚏也不打了，看来也没用。总之，大家都说，花那 8000 多美元的运费，一定不值得。"

"旧金山的华人，舍不得你吧？"

"华人地区也小得可怜，我搬家的事，成了当地报纸的大标题，还提起你呢！"

"和我又有什么关系了？"

"大标题说，被蔡澜形容为多士炉 ① 的房子，以 200 万美元售出！"

"卖了那么多？"

---

① 指烤面包机。——编者注

"当然没有，不过那块地皮是值钱的。"倪匡兄说，"就是没想到有那么多东西，倪太到最后那几天，全身都发肿，脸也胀大一半。"

"那怎么办？"

"要去看皮肤科，但是星期六又不开门，好歹找到一个朋友的亲戚是做医生的，他听了电话之后说是过度疲劳之后产生的敏感症，要我们迟几天医好了再回香港。我看到了她那个样子，急得躲进车房，悲从中来，捶胸大哭。"

"捶胸大哭"这句话，是倪太购物回来后，看到她才说的。冧女本事，倪匡兄第二，没人敢称第一。

"搬家这回事，真是差点一尸二命。"他说。

"去你的，你又不是我肚里的儿子，哪儿来一尸二命？"倪太问。

倪匡兄抱住她："你死了，我虽然活着，也等于没活，不是一尸二命是什么？"

吃鱼记

倪匡兄嫂，在 2006 年 3 月底返港，至今也有一个多月了。

我自己事忙，只能和他们一起吃几次饭。倪匡兄以为这次定居，再也没有老友和他寻欢作乐，哪知宴会还是来个不停。

"吃些什么？"我问，"鱼？"

"是呀，不是东星斑，就是老虎斑。"

老虎斑和东星斑一样，肉硬得要命，怎么吃？还要卖得那么贵，岂有此理！

"真是替那些付钱的人不值，只能客气地说好好好，后来他们看我不举筷，拼命问原因。"倪匡兄问，"你们知道东星斑和老虎斑，哪一个部位最好吃？"

"到底是什么部位？"我也想搞清楚。

倪匡兄大笑四声："铺在鱼上面的姜葱，和碟底的汤汁呀，哈哈哈哈。"

曾经沧海难为水，我们当年在伊利莎伯大厦下面的北园吃海鲜，当今名声响当当的钟锦还是厨子的时候，我们吃的都是最高级的鱼。什么苏眉、青衣之类都被当成杂鱼，碰都不会去碰。

"还是黄脚鱲好，上次你带我去流浮山，刚好有十条，蒸了六条，四条滚汤，我后悔到现在。"他说。

"后悔些什么？"

"后悔为什么不把十条都蒸了。"

利用这个星期天，一早和倪匡兄嫂又摸到流浮山去，同行的还有陈律师，一共四人。

倪匡兄运气好，还有五条黄脚鱲，比手掌还要大一点，是最恰当的大小。再到老友十一哥培仔的鱼档，买了两条三刀鱼，赠送一条。看到红钉，也要了两条大的。几斤奄仔蟹，一大堆比石狗公还高级百倍的石崇，用来煲汤。最后在另一档看到乌鱼，这种在淡咸水交界生的小鱼，只能在澳门找到，也要了八条，一人两条，够吃了吧？

这次依照倪匡兄意思，全部清蒸。

"先上什么鱼？"海湾酒家老板娘问。

"当然是黄脚鱲了。"倪匡兄吩咐。

"有些人是把最好的留在最后吃的。"老板娘说。

倪匡兄大笑，毫不忌讳地说："最好的应该最先吃，谁知道会不会吃到一半死掉呢？"

五条黄脚鱲，未拿到桌子上已闻到鱼香，蒸得完美，黐着骨头，一人分了一条，剩余的那条又给了倪匡兄。肚腩与鳍之间还有膏状的半肥部分，吃得干干净净。

"介乎有与无之间，又有那股清香，吃鱼吃到这么好的境界，人生几回？"倪匡兄不客气地把我试了一点点的那条也拿去吃光了。

三刀鱼上桌，肉质并不比黄脚鱲差，香味略输一筹，被比了下去。但在普通海鲜店，这已是吃不到的高级鱼。

红钉，又叫红斑，我一听到斑，有点抗拒，试了一口，发现完全没有普通斑的肉那么硬。

"其实好的斑鱼，都不应该是硬的。"倪匡兄说。

奄仔蟹上桌，全身是膏，倪匡兄怕咬不动，留给别人吃："人的身体之中，最硬的部分牙齿，也软了。人一老真是要不得。"

虽然那么说，他见陈律师和倪太吃得津津有味，也试了一块，大叫"走宝"，把剩下的都扫光。

乌鱼本来是要清蒸的，但老板娘为了令汤更浓，也就拿去和石崇一起滚后，捞起，淋上烫热的猪油和酱油。乌鱼的肉质，比我们吃的那几种都要细腻。

黄脚鱲五条，三刀鱼三条，红钉三条，乌鱼八条，一共19条鱼，还不算那一堆石崇呢。

鱼汤来了。几十条鱼，用豆腐和芥菜滚了，四人一人一碗。老板娘说得对："要那么多汤干什么？够浓就是！"

我偷偷地向她说："你再替我弄两斤九节虾来。"

来到流浮山不吃九节虾怎行？这种虾有九节，煮熟后又红又黄，被人认为品种低贱，所以没人养殖，全是野生；肉质又结实，甜得不得了。

"我怎样也吃不下去了。"倪匡兄宣布。这也奇怪，他吃海鲜，从来没听过他说这句话。

我们埋头剥白灼九节虾，不去理会，他终于忍不住，要了一只，试过之后即刻抓一把放在面前，吃个不停。一大碟九节虾吃剩一半，我向老板娘说："替我们炒饭。"

"又要我亲自动手了？"她假装委屈。

我说："只有你炒的才好吃嘛。"

老板娘甜在心里，把虾捧了进去。不一会儿，炒饭上桌，黄色的是鸡蛋，粉红的是虾，紫色的是虾膏。

倪匡兄又吃三大碗。

"还想不想在流浮山买套房子住住？"老板娘问。

我知道他已不能抗拒这种诱惑，但在铜锣湾的房子刚刚租了下来，就向倪匡兄说："你弟弟倪靖不是喜欢大自然吗？请他和你合买一套，一星期来住个两三天，再回闹市去吧。"

倪匡兄点头："可以考虑，有那么好的鱼吃，在月球上买一套也值得。"

老友黄霑

各位读者，黄霑是我的老朋友，我是来赞美他的，并不是来批评他的。

黄霑在香港流行文化的地位已经确立，绝对不是任何人能够抹灭的。他在作词上的贡献，更是与香港历史共存。他的逝世，连国际杂志《时代》也得报道。

去他的追思会途中，我看到一条条的人龙爬上山坡，耐心等待参加，那是两万位香港人民对黄霑的认同和敬重。这数星期中，我在公众场合听到的，都是赞美黄霑的声音，没任何坏话。

我一方面为这位老友感到欣慰，一方面感伤他的离去，心情极为恶劣，写不出稿，头脑里充满了《问我》和《沧海一声笑》，以及他所有的电视连续剧主题曲的歌词，挥之不去。

友谊的建立，在于真诚。当年我在邵氏电影当制片经理，片子的背景音乐得找人来做，要找就找最好的。黄霑有个配乐公司，请他来帮忙，因此结识。

工作之余，我们交谈，发现大家有很多共同的话题。有时配音从白天到晚上，又至黎明，我们拖着疲倦的身体，驾车到片厂附近的蚝涌，那里有个小餐馆，可以坐在树下露天吃点心，看到叶子一片片掉落在茶杯中。

黄霑一直向我倾诉他对不起华娃。

"闭嘴！"我说。

"干什么这么认真？"他问。

"你现在和林燕妮在一起，就别一直向陌生人说这种话，万一传到她那里，有什么好处？"

"但是你不是陌生人呀！"

"我们刚认识，你能向我说，就可以和其他人说了。"

黄霑点点头，靠过来抱着我："只有你对我说真话。能够说真话的人，不多。"

黄霑在九泉之下，也会欣赏我说的一些真话吧？

我想告诉各位的，是黄霑不要林燕妮，并非林燕妮不要黄霑。在金针奖的爱的宣言时，黄霑已决定不和林燕妮在一起了，这是事实，这是真话。

人死了，什么都是好的。人死了，死无对证，你怎么能说这些东西？

这是一般人的见解，我不是一般人，我是黄霑的老朋友。

我之所以得说这一番话，那是因为我看到舆论对林燕妮非常不利，以为林燕妮在黄霑最困苦的时候离开他，这是不对的，这与事实不符。

林燕妮本来也可以为自己辩论，但她始终深深地爱着黄霑，永远隐瞒着部分事实，话只说到一半，谈来谈去，变成了"黄霑欠我一个名分"这种傻话来，其实是她受了委屈。

当今各方面对林燕妮的攻击，能造成巨大的伤害。本来很受精神状态困扰的她，是不容易承受的。我们爱黄霑的话，就要爱他爱过的人。

至于两人分开后的金钱纠纷，我们不是当事人，我们都没亲眼看到经济上他们是怎么安排的，我们不应该来参加议论，否则都变成市井的八婆了。

在金庸先生家里，黄霑和林燕妮两人签的结婚证书，有律师罗德丞见证，法律上是有效的。林燕妮是想当真，但黄霑不想跟进这件事而已。后来林燕妮也公开否认过这份证书的合法性，都是面子问题。

一切都是黄霑的错吗？那也未必，老朋友了，做什么事，我们都认为是对的。

男女间的感情，不能理喻；对一段关系疲倦了，也不难理解。何况多情的才子，要做什么，就让他做去吧。

黄霑又一直向我倾诉对不起林燕妮。

"闭嘴。"我说，"你现在和 Winnie（陈慧敏）在一起，她听到了，有什么好处？"

黄霑听了又过来抱我。

Winnie 很乖，很会照顾黄霑，当黄霑将两人感情的发展告诉倪匡兄和我时，我们都说她像金庸先生小说中的人物，人生能得到一个，夫复何求？

我们非常同情黄霑对社交派对的厌倦，他说每次都要找新衣服来陪衬，到达之后，见来见去都是那一堆人，拼命在人家面前赞美，一转身，又拼命说人家的坏话，他真的受不了。

那么已经分开了，何必来说爱的宣言呢？有人那么问我。这是黄霑对林燕妮表示歉意的一种方式吧？两人到底有过美好的时光，也许他认为这是君子所为，让女的不要男的，好过一点吧？

不管各位现在怎么看林燕妮，请记得她是一位黄霑爱过的人。

我对林燕妮的印象，停留在她在《明报》副刊写《粉红色的枕头》《懒洋洋的下午》专栏的那段日子。她的文笔清新，见闻又广。当年，这种人才并不多。

写这篇东西之后，舒了一口气，有些人认为我不应那么说黄霑，一定有些不满，但是我不会作回应了。我只知道应该对活着的人好一点，对已经走的，也没什么失敬之处，点到即止。

苏美璐

教父

"苏美璐暨乐山夫画展"的准备事项进行得如火如荼，将在 2004 年 12 月 16 日至 19 日，在中国香港中央图书馆举行。日期所限，只能有四天时间，实在太短了。

这次画展，经苏美璐建议，和她的夫婿乐山夫一起展出，苏美璐的 100 多幅，乐山夫的 34 幅，已由空邮寄到，都是两人的心血，非常精彩。

苏美璐本身是澳门人，为什么我没有想到在澳门也举办一次画展呢？虽说现在才着手也不迟，但澳门的展出场所也需要时间交涉呀。最理想的展出场所当然是当地的中央图书馆了，它开在新马路的民政司处，就在喷水池广场的对面，地点是市中心，极为适合。但它是政府机构，办起手续来总是麻烦的。

忽然有一个奇想，如果在某个很悠闲的、毫无拘束的环境下举办，那有多好！但是澳门的画廊我都不熟悉，怎么安排？

有了，我打电话给苏美璐。

"在澳门也开一次画展，有没有兴趣？"我问。

"反正我要回去看父母的，这个主意不错。"她说，"你想在什么场所开？"

"茶楼"我不动声色地说。

"茶楼？"

"是的。"我说，"在澳门最古老的一家，叫龙华茶楼。"

"啊，挂着雀笼的那一家？"苏美璐知道。

"不过，"我说，"我怕有些人认为太过随便了，也不知道你父亲会不会说，什么地方不去，跑到茶楼去开画展。"

"我们都不是太拘小节的那种人，而且在茶楼开画展的主意很罗曼蒂克，只要当成一件简单和朴素的事去做就可以了，我不会管那么多。"

"绝对对得起你们两位艺术家。"

苏美璐说："我从来也没有想过晋身到那个等级。基本上我是一个画插图的人。我只希望让人家知道，除了拍照片，也可以用图画来记载一些想法，而且让读者看到印刷品之外的原画，我想也是一种乐趣。"

苏美璐本人不施脂粉，样子有若不食人间烟火，做人也如此平淡。

"乐山夫的画比我的更有观赏价值，画西洋工笔的人，终究不多。"她继续说。

"乐山夫的作品的确与众不同。"我说。

"你说的龙华茶楼，人家答应了没有？"

"包在我身上。"我说，"我事前已经和茶楼的老板何明德先生安排好了，才敢打电话给你。"

"听说茶楼里面布满了照片？"

"何老板说可以在展出期间把店里所有的照片都搬走，等完毕后再搬回来。"

"会不会妨碍人家做生意？"

"这一点我也担心，知道何老板为人热心，又热爱艺术，我坦白地问过他这个问题。"

"他怎么说？"

"他说没关系。茶楼的产业是属于家族的，其实做与不做都不要紧。维持这家店，也不过是想把澳门的旧传统保留下来，而且你又是个澳门人，当然欢迎。"

"日期有没有限定？"

"随时开都行。"我说，"在你香港的画展之前或之后都没问题，不过我建议还是之后的好，让我有多一点时间替你裱制画架。对了，你什么时候抵达香港？"

"我们现在订好了 12 月 9 日的飞机，先去澳门住几天再去也来得及。"

"你知不知道一天有好几班船可以直接从赤鱲角到澳门？但是从你们住的萨瑟兰郡出发，到了伦敦飞香港，已经累死了。还是在香港休息一下好，不知道阿明会不会太辛苦？"

阿明是苏美璐的小女儿，今年也有四五岁了吧。她是苏格兰籍父亲与中国母亲的混血儿，非常漂亮。苏美璐时常把她的照片用电邮传过来，看到她一天天长大，我老怀欣慰。他们一家三口住的小岛只有数十户人家，阿明从小在自由奔放的环境中长大，生活在一大片白沙滩上，只有海鸥做伴，这是她第一次涉足东方。

"你们会住多久？"我问。心里很想他们多留一段时间，让阿明讲讲广东话。小孩子学语言很快，有点基础总是好的，虽然有些人说一不讲就忘记，但是学语言这回事像骑单车，拾起来就是。

"我们住到明年二月才走。"苏美璐说。

他们夫妇都是自由身，留不留到时再说吧。替我在《壹周刊》中做的这篇插图随时随地可以画，苏美璐主要的工作是替国际知名的儿童作家做插图，也帮畅销书排行榜上有名的谭恩美（Amy Tan）做封面。这次画展有几幅原稿展出，《纽约时报》对苏美璐的作品评价很高。

画展之中，我请叶一堂（Page One）书局把苏美璐的儿童图册大量寄到香港，让有兴趣的朋友购买，阿明当然是她母亲作品的第一个读者，她自己也很爱绘画。

当阿明出生的时候，我向苏美璐说过想当她的教父。

苏美璐说："以我们这么多年的友谊，她生出来之前，我早已经决定你是她的教父了。"

画展

自从写《一乐也》，不知不觉，也有十几年了。所有的插图，都是苏美璐一手绘出，除了今期这一幅，风格不同，是她的夫婿乐山夫的作品。

为了今天（2004年12月16日）在中国香港中央图书馆举行的"苏美璐暨乐山夫画展"，他们一家三口花了三天工夫才从苏格兰的一个小岛抵达中国澳门，母女已疲倦不堪。乐山夫睡不着，动了笔，为她们作出这张关系亲密的画像，非常难得。我看了很喜欢，坚持要乐山夫拿出来当插图。艺术家脾气，他无所谓，大家有眼福了。

苏美璐在电邮上说将在12月9日到达，我回复要去接机，结果她静悄悄地自己来到澳门她父母的家，我即刻赶去看他们。《壹周刊》的执行编辑李美媚要做一篇访问，摄影师罗锦波也一起去了，她们与苏美璐谈得很投契，我不去打扰她们，在一旁和乐山夫聊天。

"小女儿阿明呢？"我问。

"她和两个亲戚的孩子玩，不带她来了。"

"今年几岁？"

"四岁半了。"乐山夫说，"明年我要送她到一所正式的学校，趁现在这段日子，让她好好地来东方住久一点，如果能学到几句中国话，也是好事。"

"什么叫正式的学校，她现在读的是哪一所呢？"

"只有 12 个学生。"

"岛上一共住了多少人？"

"1000 人，但有两万只羊。"

"那也不算小的了。"我问，"都是些什么人？"

"渔民、牧民。鱼和羊肉吃不完，我们吃鱼不必买，岛上的居民都是朋友和亲戚，免费送到，新鲜蔬菜倒是难得，要到对面的另一个大岛才有得供应。"

"距离多远？你们常去那个大岛吗？"

"像从澳门到香港那么远吧，起初常去，后来就少了，但是为了蔬菜还是两个星期去一次的，你知道蔬菜对香港人是那么重要的嘛。"

"小岛上连商店都没有吗？"

"只有一间。像西部片中的杂货店，什么都卖。"

"酒吧呢？"

"一间。客人是相熟的。"

"医生呢？"

"一个。他出生在当地，是我的同学，也是我的好朋友，问我要不要去那个小岛住，我想也没想就答应了。岛上的人，身体都被他看过，在他面前抬不起头。酒吧里有个泼妇要找他麻烦，他说你也是我接生的，结果乖乖地不敢出声。"

"有没有按照英国法律开到几点？给不给抽烟？"

"店主喜欢怎样就怎样。放假时，客人都焦急地等。"

"有没有造酒厂？"

"那倒没有，不过对面的那个大岛的啤酒酿得天下第一。酒厂才开了四五年，就有那么辉煌的成绩，我正在感叹时，他们说酿私酒，已经好几代人酿了。"

"冬天会不会很冷？"

"设得兰是苏格兰最北部的小岛，冬天当然冷，阳光也只有从早上的九点到下午的两三点，但是夏天就长了，太阳几乎都不下山，从我们的家望去，看到太阳落后，又在海面上升起来。"

"那冬天不是能看到北极光？"

"每晚都出现。刚去的时候觉得很新奇，后来头也不抬，望也不望了。"

"阿明能够在那种大自然的环境中长大，每天画画，真幸福。"

乐山夫点点头："整个岛的人都喜欢她，我们还没动身，他们已经舍不得她离开。"

做完访问，我让同事们先走，留下来和苏美璐谈谈画展作品的售价，她问我有没有什么建议。

"这样吧，"我说，"小幅的卖 1000 到 1500，连裱装的镜框。大幅的 3000 到 5000。你们最喜爱的卖 1 万到 2 万，你觉得如何？会不会太便宜？画展的经费有致生公司和卖画具的温莎牛顿赞助，我们这些工作人员都是义务的。"

"照你的意思好了。"苏美璐说，"在画廊开画展也要被抽一半，价钱提得太高反而没人买，也是枉然，这个价钱很适中。"

看他们被折腾了半天，我即刻告退，苏美璐把我送到楼梯口，问我说："你做那么多事，为的是什么？"

我没作声，心中回答："只是送给阿明的一个小小见面礼。"

遇曾江

去"鹿鸣春"吃饭，遇到曾江。他去好莱坞拍戏刚返港，即刻把他拉到一边问长问短。

曾江刚从美国回来，精神很好，六十几岁的人了，一点老态也没有。饭局里有久违的王莱女士，她在邵氏公司拍戏时，我们很谈得来，现在她春夏住温哥华，秋冬来香港避寒，优哉游哉。

"《艺伎回忆录》那么快就拍完了？"我问。

"还早呢。这是今年最大的一部制作。"他说，"没我的戏，回来几天。"

"我最想问的问题，就是导演为什么要用中国演员，而不用日本人？"

"这也是我最想问的呀！"曾江说。

"你问了没有？"

"问了呀！他是《芝加哥》一片的导演，在好莱坞很红，但为人随和，我就直接问他。"

"他怎么说？"

"他说：'对于我们美国人，日本人和中国人看起来没什么区别呀！'"曾江说。

这也是我上次写的那篇关于这部电影的答案。

"他又说：'好莱坞拍片，都要用最红的演员。当今除了张曼玉，还有谁红过章子怡、巩俐和杨紫琼三人呢？'"

"那又为什么不用张曼玉？"

"年纪不适合演女主角。"

"杨紫琼演什么角色？"

"同情女主角的老一辈艺伎。"

"那巩俐不会是演反派吧？"

"就是那个叫初桃的角色。"

"唉，"我感叹，"会不会是为了钱？好莱坞的片酬绝对不是小数目。你不要，经理人也会替你争取。"

"比起钱，演员一直要站在舞台上，这才是最重要的原因吧。"曾江说。

"有没有听到日本方面的抗议？"

"哼，当然有啦。日本人气死了，连京都外景的准许证也不给发。"

"全部搭景？"

"好莱坞嘛，"曾江说："整个京都的艺伎区都搭了出来，布景之大吓死人。第二摄影队只去京都拍了一些空中镜头。中国演员不去，日本人也没话说了。"

"演员呢？女主角爱的人依旧是由《最后的武士》中的渡边谦演的吧？他事前说要罢拍的。"

"还是受不了钱的诱惑。"曾江说，"不过在拍戏期间，日本人和日本人挤成一群，吃饭休息都在一边。"

"真是小气。"

"除了役所（役所广司），他演带女主角出城的老绅士那个角色。役所是一个很有修养的演员，他主演过香港人熟悉的《谈谈情，跳跳舞》，当今这个故事也被好莱坞重拍，主角是理查·基尔。"曾江说，"役所为人很和气，常与我们有说有笑，渡边就没那么大方。"

"另一个叫桃井薰的也是位很好的演员，她的态度也不错吧？演什么角色？会不会是伎院的老鸨之类？"

"唔，"曾江说，"是演的老鸨。"

"女主角的姐姐呢？"

"没有名气，好莱坞虽然什么钱都花，但到底算盘打得精，不举足轻重的角色，能省就省。"

"那么你呢？你演什么角色。"我问。

曾江说："我演将军。当然又是一个反派。在上一部《007》中我已经演反派，到了我这个地步，都无所谓了。反正在好莱坞拍戏舒舒服服，片场中摆满食物任取；一切制度化了，每一个人都守着自己的岗位，互相尊敬。而且你知道我们的生活很简单，在那边拍一部戏能吃个好久，何乐不为呢？"

看样子，他太太焦姣也很满足，两人依偎在一起。

奇人高仲奇

这个星期不旅行，在香港度过。有空，逛尖沙咀，走到加拿芬道，一抬头，哈，"国际摄影"的大招牌仍然挂在嘉芬大厦的楼上，想起老友，已多年不见，就爬上楼梯。

高仲奇兄还坚守着他的堡垒。"国际摄影"始创于 1936 年，自来香港至今，50 多年了。

仲奇兄的轮廓不变，还是那张娃娃脸，头发有点稀疏罢了，笑嘻嘻地欢迎我。在我眼前的这位人物，充满传奇性，对摄影界的贡献非凡。

20 世纪 60 年代的影坛巨星，没有一个不找高仲奇拍照的，不经他手，根本没有地位。

"大量晒相"的全盛时期，除李丽华、陈云裳、王丹凤、李香兰、白光、夏梦、石慧、芳艳芬、红线女、白燕等前辈，林黛、凌波、乐蒂红极一时，当然也忘不了尤敏、葛兰、叶枫和狄娜，粤语片崛起时有陈宝珠和萧芳芳，接下来是邵氏的一群女星：何莉莉、胡燕妮、丁红、杜鹃、李菁，另有台湾来的甄珍、林凤娇、汪萍、汤兰花、邓丽君等，已经不能一一细述。所谓的"大量晒相"，就是影迷热潮让照片供不应求，"国际摄影"一天要印一万多张照片，好让影迷在床头贴上一张。

"国际摄影"由高仲奇的父亲高岭梅创立，早在上海、南京、成都、昆明等都市有分店。高老先生养有 11 子，他来到香港后遇车祸，一家人的负担全落在高仲奇身上，他十几岁就出来跑江湖，为各女星拍照。一拍得美，都来找他，他便日夜奔波。

　　美女们当他是一个小弟弟，拍照拍到三更半夜，叫他送回家。在香港，看明星看得最多的就是他了。不单看，还要指导她们摆姿势，羡慕死人。他建立的这一股影响力，是无人可以代替的。

　　有一天，他把当时籍籍无名的林黛的一张黑白照片摆在影楼的橱窗中，翌日就有人找林黛签约了。

　　为林黛拍的照片至少数百张，林黛去世时，高仲奇为她在香港大会堂①八楼举行了一个摄影展，影迷排队排到楼下，还挤破了玻璃，老一辈人也许会记得这场盛事。

　　约好尤敏来剪彩，这件事鲜为人知。林黛和对头公司有约，国泰不准尤敏出席，她坚强地说："林黛是我的朋友。"说完才不管那么多，照剪不误。在当年，这算一种很大胆的反抗行为。

　　时间是留不住的。张彻的出现，令阳刚电影抬头，一群群打仔②把美女们挤了出去。杂志发的都是生活照，没人光顾影楼，除非你是一个食古不化的过气老饼③，还想翘起一只脚，弯着手臂，托起下巴来拍一张宣传照。

　　难关是怎么渡过的？那群美女也要结婚的，结婚就有结婚照拍呀！刚好这时候高仲奇遇到太太吕洁贞，人聪明，会设计婚纱，萧芳芳等人一来拍，所有的大明星结婚都来找高仲奇，当然连带着她们的影迷。

　　就算是离婚，再婚，也没多少次，婚纱热潮又造就了很多其他公司，高仲奇回到门前冷落的日子。这时候赛西湖的楼盘要卖，高仲奇爬上铜锣湾的高楼，拍下港九全景，为地产商设计一套卖楼盘的宣传册子。这也是香港首创的。结果十四栋楼，每栋两百个单位，一下子卖光。

楼盘的照片是把模型拍下，再用飞机俯拍的照片合成的，有电脑的今天，这不算怎样，但在当年是轰动一时的杰作，从此之后"国际摄影"一直有卖楼盘的生意可做。

10 年又过，各大宣传公司冒起，买卖分薄，高仲奇正在焦急时，移民潮来了。

要移民，总得拍一张全家福呀，留给不走的父母或亲戚做纪念，也是人之常情。异邦的新居比在中国香港住过的宽阔，更须挂着一张巨大的照片装饰，大家都来"国际摄影"，拍完放大，和家具一齐用货柜箱运到加拿大去。

再过 10 年，其间顾客之中，名流居多。

商界人士，多年来已和高仲奇有过交往，几年一次来拍家庭照；到了九十大寿，当然也保留下几张合家欢，但最重要的，还是个人照片；临终之前，也可以从这些年来拍过的照片中，选出一张自己最满意的。

众女星之中，高仲奇为乐蒂拍的照片最多。乐蒂个性相当腌尖[①]，不是每一个人都信得过，她只许高仲奇一人为她拍，结果是被拍的人和看的人都满意。近来有很多中国台湾地区和星马的商界人士，都认为乐蒂被凌波在《梁山伯与祝英台》中的风头盖过，想重新赞扬这位美艳无比

---

① 腌尖，粤语，意为"爱挑剔"。——编者注

的巨星，纷纷要求高仲奇为乐蒂在各地举行摄影展。

高仲奇为人随和，自己也很崇拜乐蒂，也就赞同，从仓底找出多幅代表作，放大后还是那么清晰，准备好去参展。经过了那么多年，现在看来，技巧与姿势都不过时，再加上时装复古，每张照片的表情都不同，更是百看不厌，使大家有眼福重睹这位美人的风采。

其实高仲奇的作品收藏，是一个巨大的财富，不只留下人物的倩影，还见证了香港的历史。我答应为他设立一个网站，将所有的照片上传，让人用电脑下载，这是一件很值得去做的事。

巴黎的陆羽

到了巴黎，打一个电话给老友画家安东·蒙纳。

"我们去吃饭吧。"他说。

"去哪里？"

"利普啤酒馆（Brasserie Lipp），你来了巴黎那么多次，一定去过。"

"没有呀。"

"那么非去不可了。"

"有什么了不起？"

"这是巴黎最古老的一个酒吧，相当于你在香港带我去的陆羽茶室。"

一听这话，有点兴趣，Brasserie 这个词在字典中说是酿造所或啤酒店，但卖的也不一定是啤酒，也卖红白餐酒、香槟和白兰地。吃的东西又简单又正宗，每家都有独特的风格，是一个客人可以聊天、写作或阅读的聚脚地，而 Brasserie 一出法国，味道就不同。

Lipp 开在法国左岸，知识分子、美术家、政客、记者等最喜爱的圣日耳曼区，附近出名的出版社林立，又有艺术院校，文人最喜爱的两家咖啡店"花神"（Le Flore）和"双偶"（Deux Magots）就在它的对面。

"有没有被游客霸占？"我问安东。

他笑了："当然。不过他们会被侍者安排到楼下的后面那座厅里，或者到楼上去。不必担心，我是熟客，和你在陆羽一样，待遇不同。"

有"特权"是好事，经理亲切招呼，安排好一个靠大门的美位给我们，安东的太太带着他们的两个漂亮女儿来了："人多一点，多叫几种菜给你试试。"

"普通客来了，也可以订座吗？"

"现在行了，从前不可以。当年的老板卡兹先生（Monsieur Cazes）还在的时候，说法国总统来也不许。客人问要等多久，他说你 20 分钟后再来的话，那么 20 分钟后一定有空位留给你；要是他说等一小时吧，那最好别等，这等于说你别来了！"

"这么厉害？"

"到 Lipp 的人都有来头，20 世纪 50 年代画家夏加尔、作家海明威都是熟客，戴高乐也叫了蓬皮杜和德斯坦来这里开会，后来两人都做了总统。像伊夫·蒙当夫妇等明星当然都来过，萨冈出名时在这里流连，哈里森·福特、理查·基尔到巴黎一定来拜访，伍迪·艾伦也不例外。我们这张桌子，希拉克在做巴黎市长时最喜欢了。"

看看四周环境，安东说："壁上的瓷砖画是莱昂-保尔·法尔格（Léon-Paul Fargue）的作品，天花板上的非洲绘画出自查利·盖瑞（Charley Garrey）的手艺，一切以美好年代（Belle Époque）的生活方式来装修。"

菜上桌，这家店最出名的菜叫 Choucroute Lipp，并非什么精致的料理，而是将大碟的腊肠、酸菜和火腿煮在一起，毫不造作，让人开怀大嚼。

Pied De Porc Ferci Grille 是烤猪脾，生的鞑靼牛肉更是一大碟一大碟地上。

每种菜都吃得过瘾，安东的小女儿食量小，只叫了一种前菜 Caviar d' aubergine，是茄子蓉和鱼子酱混成的，我也试了一口，味道不错。

安东的大女儿爱鲱鱼，点一碟 Hareng Bismark，也是这家店的名菜，我试了觉得没有在阿姆斯特丹街头卖的好吃。

还有其他几种，已记不清了。这里的价钱算便宜，平均每一样从 90 多到 100 多港元，当然你要吃最贵的，也有一客 30 克的鱼子酱，卖 800 港元。

喝酒的话，也没什么店酒（House Wine）之类的，叫一瓶中等价位的，酒牌上有种种选择，都有水准。冲着 Brasserie 原来卖啤酒，也要来一杯试试。在这里别用英文 Beer，试用土话 Serieux 吧，向侍者一说，较受尊敬。

Lipp 在瑞士日内瓦也有一家同名的，但千万别受骗，它是巴黎人拥有的唯一一家，不能模仿，也从来没有分店。

"有时，我的画展开幕，待到很迟，三更半夜来这里，也有大餐可吃。"安东说。

"开到几点？"我问。

经理说："说是上午 11 点开，那只是喝酒、喝咖啡，要到 12 点半才有东西吃；一直开，开到深夜两点。"

"那么多人喜欢，有何秘诀？"

"也没什么。"他说，"总之聚集在这里的客人，气氛调和，好像失去忧虑，做人轻松了许多，仁慈了许多，温暖了许多。"

走出来的时候，是个懒洋洋的下午。我们的影子，被斜阳照得很长。安东一家带我到对面的建筑物："叫圣日耳曼德佩教堂（St-Germain-des-Pres），是巴黎最古老的一座教堂。"

教堂里面简单又庄严，丝毫没有华丽的装修。教堂，本来就应该这个样子，我看过的世界各座出名的，像皇宫多一点。

安东点了蜡烛，抱着他的妻子深深一吻。他们的女儿已 24 岁和 21 岁，向我说："老了，像他们那样，多好！"

"那是要经过苦难的年代，你们这一辈子的，很难做到。"我这么说，也不管她们生不生气，不过两个女儿都点头同意。

悼张彻

（上）

第一次遇到张彻，他已经 40 岁出头，但还是很愤怒，不满目前的工作，对电影抱着自己的一套理想。

跟他一起来富都酒店找我的是罗烈和午马，二十几岁的小伙子，傍着张彻吃吃喝喝。

张彻大谈中国电影为什么不能起飞，什么时候才能和好莱坞作品一较高下。身高六英尺的他，穿着窄筒的裤子，留着一撮钩状的短发，挂在前额，不断地用手指整理。

趁他走开时，罗烈偷偷告诉我："他原本是徐增宏的副导演，也写剧本，后来自己拍了一部，公司很不满意，说要烧掉。"

徐增宏，绰号毛毛，摄影师出身的天之骄子导演。出道太年轻，喜欢骂工作人员，据午马说张彻被他骂得最厉害了。

当年，我被邵逸夫先生派去东京做邵氏驻日本经理，半工半读，负责购买日本片在东南亚放映的工作。中国香港没有彩色冲印，拍完后送到东洋现像所，拷贝送去之前由我检查，所以我也看了所有的邵氏出品。

后来看到张彻的《独臂刀》，实在是令我耳目一新，拍出了他谈过的真实感和阳刚之气。

尽管他已成为很有势力的所谓"百万导演"，但我人在日本，不知他的威风。公司说他要来拍《金燕子》这部戏的外景，我负责制作，重逢时还是当普通同事看待，平起平坐，公事公办。

研究完剧本，我们在一家日本寿司店的柜台边坐下，张彻不停地用他的打火机叮的一声打火抽烟，又不停地用钢笔做笔记。还有，最奇怪的是他不停地玩弄露在西装外的袖口，我对他那些怪动作不以为意，到最后他忍不住了，问我："你没注意到打火机、钢笔和袖口扣是一套的吗？"

在拍摄现场，张彻大骂人，骂得很凶，对副导演、道具和服装，一不称心，即刻破口大骂。张彻似乎在徐增宏身上学到的，是骂人。

我觉得人与人之间，总要保持一分互相的尊敬，但张彻绝不同意。每个人都不同，只能由他去了。

当年张彻的片子，除了武打，还带一分诗意。在《金燕子》中，他自己写字（他的书法不错），把字放大贴在片厂的白色墙壁上，再由一身白衣的男主角王羽慢动作走向镜头。我很欣赏这场戏，但是午马说《林冲夜奔》中也出现过，我没看过那部电影，不知道张彻是否抄袭别人。

"金燕子"这个角色是承继了胡金铨拍的《大醉侠》中的女捕快，由郑佩佩扮演，她当年也是邵氏的大牌，公司让她来东京学舞蹈，由我照顾她的起居。佩佩早闻张彻一向喜欢男性为主的电影，肯不肯接他的戏，还是一个问题。张彻来到日本之后，花了整个晚上说服她，让她相信她才是真正的女主角。不过，片子拍出来之后，戏还是放在王羽身上。

王羽离去之后，张彻培养了第二代的姜大卫和狄龙，他们翅膀丰满后，张彻又把陈观泰捧为银星，第四代又有傅声，第五代是一群台湾来的新人。

暴力在张彻的电影中占极重要的位置，《马永贞》具有代表性，陈观泰光着身子和拿着小斧头的歹徒对斩，血液四溅。

道具血浆是日本进口的，一加仑一加仑地用塑胶罐空运而来。日本血浆最好用，可浓可稀，又可以装进一个橡胶套中放进口里，被对方重拳击中胸口，演员用牙咬破套子，血浆由口喷出。而且，道具血浆主要原料为蜜糖，吞下肚也美味。

当年电检处的检查人和我们关系良好，他的思想又开放，任凭张彻怎么搞都不皱一下眉头，但是新加坡和马来西亚的检查人就没那么客气，张彻的片子送检总有问题，发行工作由我哥哥蔡丹负责，他在片子上映前总得四处奔跑，才获通过。

星马是一个很重要的市场，邵氏星公司再三要求张彻不要拍得那么血腥，但张彻一意孤行，照拍不误。

张彻在巅峰期一口气同时拍四五部电影。

邵氏的 14 个摄影棚他要占七八个，他一天可以拍两三组戏，但从第二棚走到第五、第六棚，他都不肯走路过去。

他住的是影棚附近的宿舍，一下楼就坐上车子，拍完戏坐车回来。中间，他联合了董千里和杨彦岐，三人一起和邵逸夫先生开会，定出制作大计。

因为他导演的每一部戏都赚钱，多多益善，三人献计，创造出"联合导演"的方案：张彻挂名，由桂治洪、孙仲、鲍学礼等年轻一辈导演去拍，张彻只看毛片，决定戏的好坏，是否要重拍等，后来演变为监制制度和执行导演的制度，影响至今。

年轻导演总有点理想，希望在片中加点艺术性或探讨社会性的东西进去，商业路线就走歪了，变得不卖座。张彻绝对不允许这些行为，又开始大骂人，我亲眼看到一些已经 30 多岁的导演被张彻骂得淌出眼泪来，深感同情，对张彻甚不以为然。我发誓有一天和他碰上，一定和他大打出手，张彻从不运动，打不过我的。

但是我们之间好像没有冲突过，他一有空就跑到我的办公室，聊聊文学和书法，喝杯茶。偶尔也约金庸先生和倪匡兄一起去吃上海菜。这期间，倪匡兄为他写的剧本最多，大家坐下来闲谈一会儿，主意就出来了，倪匡兄照样说："好，一个星期内交货。"

其实，他三天就写好了，放在抽屉中再过四天等人来拿。

剧本是手抄后用炭纸油印出来装订的，张彻在等摄影组打光的时候，用笔在动作和对白之间画线，分出镜头来。夏天炎热，整个片厂只有李翰祥和他有一台移动冷气机，由这个角落搬到那个角落。只在分镜头时，张彻没有开口骂人。

1974 年他在香港感到了制作上的限制，向邵逸夫先生提出组织自己的公司"长弓"，带了一大队人去台湾拍戏，资金由邵氏出，张彻自负盈亏，但票房收益可以分红。

这是张彻团队走下坡路的开始。在台湾的制作并不理想，两年后张彻就结束了长弓公司，欠下邵氏巨额的债务。

换成别人，一走了之。但是张彻遵守合约，用导演费来付清欠款，一共要为邵氏拍二十几部戏抵还。他每天再由片场回到宿舍，从宿舍到片场，从一个摄影棚到另一个摄影棚，剧本上的镜头分了又分。

因为他完全不走动，骨头退化，腰逐渐弯了。有一天，他应该从楼上走到车子旁，司机等了好久，从倒后镜中也不见人，打开门去看，才知道张彻倒在地上，动也不动。

病过之后，他照样每天拍戏，闲时又来我的办公室喝茶，向我说："人在不如意时，可以自修。"

我在张彻鼓励之下，做了很多与电影无关的学问，但张彻本人能劝人，自己却停留着。动作片的潮流更换了又更换，李小龙的魄力、成龙的喜感、周润发的枪战，等等，张彻的动作，还是京剧北派式的打斗，一拳一脚。

合约满了，张彻从香港到内地去拍戏，带动了内地早期的武打片，至今许多电视动作片集中，还能看到他的影子。

从电影中赚到的钱，张彻完全投资回去。有过光辉的人，不肯退出舞台。我写过，张彻像他戏中的英雄，站在那里被人射了一身的箭，还是屹立不倒。

我在嘉禾的那段日子，和张彻的联络没中断过。出来吃饭时他的听觉已经丧失，眼又不大看到东西，互相对话有困难，就用传真和书信。张彻的身体不行，但思想还是那么灵活，传真机中不停地打印出他的种种要求。

我也曾经帮他卖一些小地方的版权。张彻在内地拍的戏，我没有力量为他在香港发行。

老态愈来愈严重的他，年纪并不比李翰祥大。李翰祥在晚年还是大鱼大肉、到处跑的时候，张彻已经连门口也不踏出一步了。

2002年4月，香港电影金像奖给他发出"终身成就奖"时，我看到他的照片，已觉惨不忍睹。英雄，是的，不许见白头。

我一方面很惦记他，一方面希望他早点离去。

不能够平息心中的内疚，我只有怨毒地想："当年那么爱骂人，罪有应得！"

但是，这是多么可怜的想法。

张彻终于在2002年6月22日逝世。后事由邵氏和他的太太及一班契仔① 处理。邵逸夫爵士对这位"老臣子"不薄，一直让他住在宿舍里。

书至此，是凌晨3点，旧金山中午12点。我打电话给倪匡兄，他也看到了报纸。

"临走之前，他的头脑还是很清醒的。"我说。

倪匡兄大笑四声："人老了，头脑清醒，身体不动，有什么用？还

① 契仔，粤语，指干儿子。——编者注

不如老年痴呆症，身体还好，头脑不行，像个小孩，或像老顽童。张彻
这个老朋友，也认识了 40 多年，早点走，好过赖在那里不走。"

（下）

张彻的葬礼，在 2002 年 7 月 7 日举行，早一天的下午 3 点半已设
堂守灵。

我 3 点整到达，以为还没人，姜大卫和李修贤已经在殡仪馆打点一
切，他们已为葬礼奔跑多日，实在难得。

"明天还是要你走一趟了。"大卫说。

数天前他来电话，说本来想让张彻的一群契仔扶灵，最后还是决定
留给一些德高望重的人。

老是老了，但不知道什么时候也变成德高望重的人。对大卫的请
求，我说："和张导演是老同事了，应该做什么就做什么，如果你找到
更适当的人，就让他们去扶灵。总之一句话：我愿意，但我不争。"

大卫忙着其他安排，留下李修贤招呼我。

翌日上午 10 点 30 分大殓，我 9 点到达。吴宇森和王羽比我早到，
大家闲聊了一会儿。

拜祭的人陆续来，遇到一群给张彻工作过的人员，包括服装师、道
具师等，都是几十年没见过面的。导演同行如洪金宝、许鞍华、王晶、
陈果、谷德昭也来了不少，最难能可贵的一位步伐蹒跚的演员叫李寿
祺，他在张彻戏中出现多次，却很少有人记得他。李寿祺本人也有 80
多、快 90 岁了吧。

葬礼开始，是由张彻的大弟子王羽说他的生平。王羽站在麦克风后面，以大侠风范大声念出。

接着是黄岳泰，他代表了香港电影导演会、编剧家学会、制作行政人员协会、专业摄影师学会、剪辑学会、演艺人协会、动作特技演员公会、美术学会和灯光协会，又念出悼文，也是歌颂张彻生平。

又一队由黄摒中代表的什么什么协会上去讲几句话，更是重复。

第四名演讲的是姜大卫，我心中说别再讲什么生平事迹了，大家已经知道。

岂知姜大卫一上去，即泣不成声。

最后，他忍泪说："导演生前说过，他并没有收过什么契仔，我们这一群也没当面叫过他，现在我代表其他人，在灵前叫一声契爷。"

说完，大卫领导了郑雷、陈观泰、李修贤、郑康业、戚冠军、罗莽、梁家仁、陆剑明、叶天行、钱小豪、郭进和王哲民跪地叩头，场面动人。

张彻没有子女，家属由他太太梁丽嫦一人答谢，来得寂静；但有这一大批契仔站在她的身后，非常壮观。

契仔之中没出现的有罗烈、午马、狄龙、王钟和陈星，但名单上有他们的名字。还有一个契仔，用黑色框框住，那就是傅声了。

去世的人已谈得太多，还是讲讲这一群契仔的近况：王羽在台湾，生活优哉游哉，偶尔做做生意。罗烈和午马都住在深圳，很难得地拍拍电影和电视节目。陈观泰也在内地①发展。吴宇森去了好莱坞，大家都知道。郑雷也许各位不记得，他最先出现在张彻的戏里，练了一身的肌肉。

---

① 这里是从作者所在地香港的角度提及陈观泰的事业重心所在地，故称内地更为妥当。——编者注

他现在已经退休，六十几岁的人，身体还那么健壮。姜大卫拍拍电视片集，愈演愈老到。狄龙还是有时客串电影，他人赶不到，派了儿子谭俊彦前来拜祭。郑康业是骑师出身，个子矮小，和叶德娴结过婚。两人住在邵氏宿舍里，叶德娴当年看来师奶一名，想不到离婚之后在影坛和歌坛创另一番事业。至于郑康业本人，曾经移民到美国一阵子，现在回到中国在澳门马会当指导。陈星我就打听不到他在干什么。戚冠军来自中国台湾，我也没机会和他交谈，听王羽说他开过餐厅。另一位台湾来的郭进，目前是无线电视台的武术指导，代替了唐佳的位置。梁家仁给我的印象是雄赳赳的大个子硬汉，他本人个性温和，我们在澳大利亚一起拍戏时成为谈得来的朋友。他现在也拍拍电视节目，最近还出现在一个广告里。和梁家仁一起出道的王龙威，就不知下落了。陆剑明后来当了导演，拍了很多部戏。叶天行对电影的热诚未减，钱小豪也偶尔拍拍。

契仔之中，最有心、最孝顺，为张彻做事最多的是李修贤，但是张彻生前对他最不疼爱。李修贤在影坛中有今天的地位，张彻没有帮过忙，都是他自己打拼的。

已经到了送走张彻的时刻，灵柩由王羽、吴宇森、楚原、许冠文、马逢图、石琪、黄霑和我推向灵车。

大堂的中央写着"影艺宗师"四个大字。两旁的一副对联是："高山传天籁，独臂树雄风。"

高山指张彻写的《高山青》这首大家都会唱的歌，独臂当然是说他的成名作《独臂刀》了。

"对得不错，是谁写的？"我问。

大家都指着黄霑。怪不得，他的词写得那么好，对这对子没有问题。

"没人肯写，只有由我来了。"黄霑说，"对完我打电话给倪匡，问他的意见。"

"他怎么说？"我问。

黄霑说："他大笑四声，说'对得妙，改天我死了，也由你来写好了'。"

怀念李翰祥

（上）

当今出了很多邵氏电影的 DVD，里面少不了李翰祥导演的片子，许多朋友看了《倾国倾城》，叹为观止。当年拍清宫片去不了外景，全部在厂棚中拍得那么精细，是多深的功力！我要聊聊关于李翰祥的二三事。

第一次听到李翰祥这个名字，是看了他首次导演的黑白片《雪里红》，时为 1954 年。戏里的人物个性鲜明，在困苦环境中挣扎，加上高超的镜头调度和摄影技术，实在有别于一般婆婆妈妈、忽然唱起歌来的电影。

后来去了日本，看黑泽明导演的黑白片《在底层》，才知道剧本改编自高尔基的小说，李翰祥很受它的影响，片中处处可见黑泽明的影子。

李翰祥出生于 1926 年，辽宁锦州人，曾在国立北平艺术专科学校绘画系修习西洋画。他到了香港后当美工，什么事都做过。在他心中，他最喜欢的是当演员。表演的天分使他喜欢在现场教戏，明星们做不出的表情，李翰祥一定演给他们看。这下子可好，拍特写时镜头和演员的距离很近，只能站在李翰祥的背后看，他的示范完全浪费掉了。

仔细观察才能捕捉李翰祥的表演，像岳华演他拍的《赚兰亭》一段戏，样子是演萧翼的岳华，但一举一动都是李翰祥。

《赚兰亭》这段戏也是由唐朝阎立本的一幅古画启发的，搞美术出身的李翰祥，将画中人物的扮相、衣着、发饰、家具等一模一样地重现。当今的香港导演之中，已少有人有这种功力了。

为什么那一年代的戏那么好看？每一个画面都有新的造型和意境嘛。这是因为导演们的文学根底都打得好，像陶秦、罗臻、秦剑甚至张彻，都是饱读诗书的人，他们的形象是由文字变出来的。不像新一辈导演不怎么看书，只看西洋片和 MTV，拍出来的当然是人家用过的第二代形象，永远有熟口熟面的感觉。

李翰祥是个书迷，尤其爱读《聊斋志异》，让他拍出《倩女幽魂》来，没有特技，也能将那怪异的气氛完全带出来。层次之高，重拍的与之差个十万八千里。

拍了第一部戏之后，李翰祥平步青云，后续的有《马路小天使》《水仙》《黄花闺女》《窈窕淑女》《移花接木》《春光无限好》《丹凤街》《全家福》《杀人的情书》《给我一个吻》《妙手回春》等，从片名就可看出种类之多，任何题材一到他手上都可变成一出好戏。

一直到拍出了 1958 年年底的《貂蝉》，李翰祥才真正成为所谓的大导演，票房的成功，令电影大亨邵逸夫先生对他极有信心。当年内地首次开放，公映黄梅调的片子，李翰祥对这种新流行的戏曲感觉敏锐，即刻向邵先生建议拍《江山美人》。这部戏在 1959 年公映，得到空前的卖座纪录，《扮皇帝》那首曲子，至今还有很多人唱。

之后，李翰祥转变戏路，拍了《儿女英雄传》《杨贵妃》《王昭君》《一毛钱》等片子。1960 年的《后门》是专为得奖而拍的，而《武则天》在法国康城影展上获得赞誉。

顺带一提，《杨贵妃》的拍摄本来想和日本东宝公司合作，日本版由沟口健二导演，最终没谈成。我去过东宝总公司的办事处，看到有关杨贵妃的参考资料，满满的一橱柜。

我从新加坡路经中国香港，由顾文宗先生带去邵氏片厂走走，职员餐厅里穿着古装的女主角穿梭，身后带了几个白衫黑裤梳长辫的佣人，好不威风。我在那里也见过李翰祥，气焰非凡，有些老导演走过向他打招呼，李翰祥不瞅不睬。

到了 1963 年，这是李翰祥导演生涯中的巅峰期，他导演了《梁山伯与祝英台》。

拍此片的动机也是来自内地的一部黄梅调电影，它的制作低劣，但演员们的唱功一流。李翰祥重拍这部戏时有大量的资金支持，在邹文怀和何冠昌先生的游说下，大胆地起用当年还籍籍无名，只拍过福建语片的凌波反串男主角，该片公映后轰动了整个东南亚。中国台湾地区的观众首次接触黄梅调，更是如痴如醉，有个人说自己看了 130 多遍。

在第二届的金马奖影展中，这部片子得奖是当然的事，但是凌波是反串的梁山伯，到底是封给她最佳男主角还是女主角呢？男主角也好，女主角也好，要是不得奖的话，会即刻引发抗议，如果你没有目睹当年观众的狂热，是不会相信的。

谈起这部片，有个小插曲。影片最后坟墓爆炸，男女主角化为蝴蝶的戏要靠特技，当年只能在日本拍。我是邵氏驻日本的经理，也兼当翻译，带了李翰祥和摄影师两个一起从东京出发，在京都的东宝片厂拍摄此场戏。

片厂中有一个自动贩卖拉面的机器，投个银币，纸碗掉下，里面有干面，继而注汤，即可进食。午饭时，李翰祥对着这台巨大的机器，就是不相信，认为里面一定藏着一个人，跑到机器后面看了又看，最后还是研究不出端倪。

（中）

拍了《梁山伯与祝英台》之后，李翰祥简直是呼风唤雨的天之骄子。这时，他不管与邵氏有没有合约，独自跑到台湾去闯将他的新天地。

邵氏和他打官司，但是鞭长莫及。李翰祥用了很多明星拍《七仙女》，邵氏不甘示弱，也拍同名同戏，把 10 个摄影棚都搭了同一部戏的布景，由几个导演轮流爬头 [1] 赶出；又在法庭申请禁制令，令李翰祥第一次受到挫折。

一部片的失败并不代表一切，李翰祥继续拍他的戏，组成国联公司，5 年内出品了 20 多部电影，并起用了不少人才，像宋存寿、张曾泽等，从而加速台湾影业的发展。他自己导演了《状元及第》《冬暖》《富

---

[1] 爬头，粤语，意为"超车"。——编者注

贵花开》等片子。拖垮国联的是《西施》，重用了新人，一意要拍到千军万马的战争场面，但片子上映，票房一塌糊涂。

拍《西施》时，李翰祥创下中国电影史上第一次发行股票的先例，让群众当老板。许多看了《梁山伯与祝英台》的人都购买了，结果亏了不少储蓄。但这是你情我愿，也不完全是李翰祥的错。

电影大亨的理想幻灭后，李翰祥还是留在台湾，拍了《扬子江风云》《鬼狐外传》《八十七神仙壁》等片子，其中甄珍主演的《缇萦》最成功。《喜怒哀乐》这部短篇影片集，由胡金铨、李行、白景瑞、李翰祥四个导演一人一段拍摄而成。李翰祥拍的《乐》，成绩最佳。

但这也是李翰祥人生中最低沉和经济状况最差的时期，他已在台湾站不住脚，回到香港来了。

没有什么大制片公司肯支持他，李翰祥最拿手的是无中生有，东凑西凑地用几个小故事拍独立制片的《骗术奇谈》（1971），一卖座，他追击，拍了《骗术大观》。香港人当时最喜欢看有赌和骗桥段的戏，李翰祥也算"骗"了他们的戏票。

拍这两部戏时，制作费减至最低。李翰祥一生培养了不少演员，他们当时都是大明星，拍拍膊头，大家都乐意帮个忙，象征性地收了一个红包当片酬。

印象最深的一场戏，是理发店徒弟学功夫，师傅拿一个西瓜出来让他剃，一到午餐时间，把剃刀往西瓜上一插，吃饭去也。徒弟真正为客人剃头时，到了午餐时间，他也照做了。这与骗术无关，是李翰祥在外地时道听途说得来的灵感，反正他想到什么拍什么，无拘无束，这是一个懂得说故事的导演才能做到的事。当今导演，说故事的本领一般并不高。

李翰祥的复活，令邵逸夫先生对他重新感兴趣，邀请他一起吃饭。两个老敌人见面，一笑泯千仇。话虽然这么说，主动的还是邵先生，他爱才如命，为了拍好片子，过去的一切仇恨都能忘记。李翰祥出卖过他，对抗过他，但他不介意，这不是其他人所能做到的。

后来，李翰祥找不到既漂亮又大胆的新演员，又厌恶整天在片厂搭布景，他和我一起到韩国去，采取那边的宫廷当背景，又挑选了年轻美貌的韩国明星李海淑当女主角。这部戏岳华也有份演出，我们到达当晚一起去小店吃活生生的八爪鱼，嘴里给它的爪吸住的故事就在当时发生。

李翰祥一到汉城①，关于拍摄的事什么都不谈，先钻到专门卖古董的安国洞区去，这里选那里择，走过了一间又一间。我年轻气盛，骂道："这么不负责的导演哪里找？"

那时还不知道，李翰祥对古董着迷得那么厉害。

（下）

李翰祥的家，就在邵氏片厂对面的那排两层楼的房子里，叫作"松园"。狄龙也在他隔壁买了房。

走进"松园"，堆满明式家具和清朝的杯杯碟碟，连走路的地方也没有，比摩罗街的古董店里的还杂。所有古董，并不是每件都是真的。

①　汉城，韩国首尔的旧称。——编者注

李翰祥和我在泰国曼谷拍外景时，故态复萌，一下飞机就去找古董。他俨如专家，一看到什么红色陶瓷，即说出它的历史和产地，仿佛真假跑不出他双眼。他花高价买了一两件，便捧到酒店，愈看愈不对，叫我拿去古董店换回现金，我说哪儿有这种蠢事？

在他家里的众多字画中，有一幅小小的、一尺 ① 见方的，是齐白石的画，我认为是齐老一生的代表作。画中顶上不留白，用毛笔扫了几下，底部完全空着。仔细一看，才知道是一群小鱼争吃水面上的浮萍，题款是齐白石送给徐悲鸿的，不是得意之作不会送给同行的大师。可惜这幅画已不知所向，要是贪心的话，请他转让，也许他会出手。李翰祥知道我学篆刻，送了我一箱古印，尽出自历代名家之手，但后来拿给冯老师一看，即知是后人造假。

古董堆中，藏着一个"Movieola"剪片机，当年李翰祥还是导演中第一个私人拥有它的。片子拍得过长，观众入场次数减少，会影响收入。邵先生叫剪辑大师姜兴隆缩短，李翰祥反对，但导演始终要折服于片商，修剪的工作就由我在李翰祥家中完成。我跟随姜兴隆多年，也学到一点东西，李翰祥听我说得有理，也就下了台阶，和我一起把整场戏拿掉。

工作至夜，李太太张翠英留我吃晚饭，李家的菜一向在电影圈中闻名，许多佳肴，现在想起来，没有吃过比那更好的。

饭局中张翠英说给我听："有一年穷得不知道怎么过，除夕晚上借了一笔，我们在家等着还给债主，李翰祥那个家伙竟然拿来买古董！"

① 1尺约为0.33米。——编者注

张翠英本身也是位演员，以泼辣见称，没有当过正角，但是演技出众，给我留下了深刻印象。和张翠英结婚之前，李翰祥有过一妻，生了女儿李燕萍，也在片厂负责服装工作，我们在宿舍里常一起打牌，在她口中也常听到一些李家往事。

在邵氏的那几年中，李翰祥心脏病发作，差点死掉，邵逸夫先生一听，即刻送他到美国专科医院治疗，一切费用由公司付出。开刀后的李翰祥，被救回一命，但价值观完全改变，说话不算数，认为每一天都是赚回来的，所有的东西都是别人欠他的。他大鱼大肉，继续放纵自己。

拍《倾国倾城》时，他重用台湾新人萧瑶当女主角，男角色用的是狄龙和姜大卫，分别扮皇帝和小太监，周围的人都在冷笑："两个武打明星，也会演戏吗？"

但是在李翰祥的指导之下，两位演员的成绩斐然，内心戏与表演俱佳，粉碎一般人的偏见。

戏里演郑孝胥的，是张瑛，为粤语片红牌，所主演片子无数。粤语片退潮，张瑛生活困苦，迫得出来卖保险，再也没机会踏入影坛，但李翰祥一选角就想到他，张瑛的背景和年龄均适合演这个角色之故。

我在片厂的餐厅遇到张瑛独自一人喝茶，过去和他聊两句。与这群老牌明星谈天，乐事也。张瑛告诉我："当了那么多年小生，现在才知道什么叫演技，都是李导演让我开的窍。"

在邵氏时，李翰祥推荐了在台湾认识的资深记者许家孝来当宣传主任。许家孝之后转职《东方日报》副刊总编，鼓励李翰祥写回忆录，他在《龙门阵》副刊版上写《三十年细说从头》，以专栏形式的短篇写了几年，结集成书，是李翰祥一生的好参考资料。但自传总是夸耀自己，李翰祥的另一面是看不到的。

李翰祥说故事的技巧高，就不注重电影手法了。为了显示宫廷的巨大，他爱用广角镜，以为什么东西都拍下来就好，处处变了形也不管。独立制片时期，为了节省时间，也不铺车轨了。凡是要强调的镜头都是Zoom① 来 Zoom 去。这种低劣的过时手法，后来有的导演们一看，惊为天人，纷纷模仿，反而贬低了镜头稳重的胡金铨，实在不该。

对李翰祥印象最深的是他的戏瘾，有时忍不住还在别人片中客串一下，拍了《秀才遇着兵》《运财童子小财富》等片。

李翰祥几年前逝世，已不记得是何时何日。怀念着他，以为他还活着，没有死去。

谢幕

看了《明报周刊》的黄丽玲写陈厚和乐蒂的文章，勾起一段往事。乐蒂本人我并没见过，我现在把我认识的陈厚记载下来，当一个记录。

任何人，一生下来都走向死亡，你也有一天会老。和陈厚邂逅时他38 岁，当今不算多大，但他已由一个当红的小生被我逼去演一个当父亲的角色。

那时候我的职位是制片，公司交给你一个剧本，你将片子完成后交

① Zoom 指拍摄过程中推拉镜头。——编者注

上，一切大小事务你全权主理，权力比现在的监制还要大。和大明星交往起来，并不因为自己无经验而被歧视。

陈厚主演的最后三部片子，都是我制片。每日相对，谈天的时候多了，建立了深厚的感情。

毕业于上海圣芳济的陈厚，可以说是一位知识分子，亦喜欢阅读和旅行。我们有共同的话题，我对人生的认识尚浅，他告诉我的哲理有许多都不了解，但是我从他身上学习到了不少，受益不浅。

出于君子之交，我从没有主动地问他的妻子乐蒂过世的事。有些私人问题，虽是外界议论纷纷的，但见面时总互相避免提及，这是交友的基本。

佩服的是看到陈厚每一次演绎角色，都有三种以上的方法。他向我说："我拍的多数是喜剧，我不知道导演想怎么处理剧本，所以要这么做来试探他。也许他要把整部戏弄得疯狂夸张，或者要压抑成清新幽默，我没有力量去改变。当一个演员，只有尽力把各种反应和表情提供给导演去选择。我只能刺激他的想象力，并不是每一个导演看完剧本就知道他心中要的是什么。"

当然，好莱坞的巨星能左右一部戏的格调，但是在陈厚演的年代，不管你有多么红，演员只是一个演员，他演的是喜剧，感到的则相反。

在《海外情歌》那部戏里，我们租了一艘大邮轮，从中国香港航行到新加坡。在短短的四五天中要拍完大部分的戏。日夜拍摄，陈厚身体有病，但我们都不知道，没工作时他就躲在船舱里，和他谈天的机会少了。

这时，我反而和另一个主角杨帆接触得多。他刚演过一部叫《狂恋诗》的青春片子，大红大紫，他兴奋得不得了，喋喋不休地告诉我他的离婚并非自己的错。杨帆生得高大，样子比当今看到的男模特儿还要帅得多，今日红遍影坛的男主角也没他那么俊俏，迷死众多少女。

陈厚以欣赏的目光看着杨帆，大概也在想杨帆得到的宠爱，都是他经历过的。当杨帆夸大地议论人生真谛时，陈厚只是微笑不语。

邮轮由英国公司经营，一切依照英国传统，每天下午 4 点一定有茶点供应，就算我们的工作进行得如火如荼，到了那一刻钟，穿着白色制服的职员总叫我们把一切放下，喝杯又苦又涩的英国茶。杨帆与我最初显得不耐烦，但是陈厚似乎很享受这个时光，轮不到他演戏时他也身穿一套航海西装，从船舱里走出来先把鲜奶注入杯子，再倒茶喝，然后吃一口青瓜三明治，谈起王尔德书上的情节。

陈厚的英文底子很深，又喜欢莎士比亚戏剧，我们一人一句，朗诵《凯撒大帝》的马克·安东尼的演讲词，从"朋友，罗马人，国民们，借个耳朵听听吧"开始，然后整篇背出，乐趣无穷。向来一出现就把话题全部拢在自己身上的杨帆，插不上嘴。

拍摄顺利完成，船抵达新加坡时，是下午 5 点半，海关已经下班。我们不能办理入境手续，只能在船上住一夜，翌日才上岸。

那时候影迷的热诚是当今看不到的，得知我们还在船上，数千人包了几百艘小艇从岸边排列成队伍迎来，整个海上都是人龙，蔚为奇观。

一向见惯大场面的陈厚，回到房内换了一套深蓝色的西装，悠闲地走出来，双手搁在邮轮的栏杆上，左脚跷在右小腿上，等候影迷们的喝彩。

忽然，听到一声高呼："杨帆！杨帆！"

远方的影迷看不到是谁，大声叫出。

我站在陈厚旁边，很清楚地看到他把那只盘着的脚伸直，从容地整理一下被风吹得微乱的头发，向我微笑一下，一鞠躬，退入客房。

这个印象永不磨灭。我从此得知年华消逝的道理，生命中的一切光辉，都有暗下去的一刻。学陈厚那样，优雅地谢幕吧！

一年后，陈厚因肠癌而逝世。我在医院看他的时候，他说："当演员，是不能卸妆的，无论怎样都要留着美好的形象给观众。我得了病，样子会愈来愈难看，还是离开香港的好。去纽约，那里没有人认识我，可以安详地走完这一程路！"

杨帆过于自恋，走过镜子，一定照一照自己的样子。他在事业走下坡路的时候回到台湾，不能接受事实，最后精神失常，下落不明。

怀念刘幼林

刘幼林的父亲是一位将军，不随世俗，娶了俄罗斯芭蕾舞者为妻，生下两个儿子，也不用中间名字分辈分，把他们中的哥哥叫刘大林，弟弟叫刘幼林。

混血儿的两兄弟，长得一点也不像。大林是一个一百巴仙的中国人样子，但一对眼睛是绿色的；幼林十足的洋人模样，但有一对黑色的眼睛。

当年香港还有开电梯的小厮，看到洋人肃然起敬，问幼林："哪一层呀，先生？"

回头见到大林，狗眼看人低地说："喂，几楼？"

我在京都举行的亚洲影展上邂逅刘大林，他是中国香港来的评审，而我的身份为新加坡评审，其实是派我去当"卧底"，联络其他国家的评审，安排如何把各奖状分好。

我们私底下很谈得来，从各国文学聊到对中国香港电影的抱负，饮酒至天明。

影展闭幕，刘大林返港之前说："父母去世得早，我只有个弟弟是美联社的特派员，将会来东京工作，你熟悉日本，请你替我照顾一下。"

这一照顾，照顾了几十年。

我和刘幼林（别人都用英文名字叫他 Bob Liu）一个星期至少有三四天会见面，大家都年轻，又都是酒豪，两人一喝，1.4 升的清酒一大瓶，红牌威士忌三得利（Suntory Red）一瓶，加上啤酒两打，是等闲事。

当年他新婚，太太是位空姐，身高 5 英尺 10 英寸，用美艳二字形容，绝不夸张。

他们在佐佐木街角的一座大厦租了间很大的房子，记得楼下有家出名的中国人开的西餐店。我则住栢木的小公寓，同是新宿区，来往方便，我们经常一起四处找好的东西吃。偶尔，我也约了些日本女演员和歌星到他家做菜。

"他这个人煮咖喱，一烧就是七种不同的。"刘幼林在多年后还记得，遇到新朋友，就那么介绍我。

这种生活，一眨眼就是四年，幼林被调回纽约的美联社总公司，我则去了台湾从事制片工作，依依不舍地道别。

过了好久，我在香港定居，入住清水湾的邵氏影城宿舍，命运安排刘幼林也来香港，当了美联社东南亚区社长，掌管所负责地区的新闻发派。

这时他独身，问起了，他说："我对她一直很好，怎么搞到这个下场？"

为什么悲伤？喝酒去！我们又是每星期见三四次面，多数在希尔顿和喜来登的酒吧，也是凯悦 Chin Chin Bar 的常客。在我家喝到天明才去上班的日子无数，空瓶摆在走廊外，收垃圾的人问："你们天天开派对？"

闲时，我教刘幼林打麻将，他一下子学精，其他人都惊叹。

上环巷子里有档卖炖品的，我吃什么他吃什么，炖猪脑、炖梧州龟，他照吃。有一次我听人家说大笪地有家卖凉茶的，很有效。我去试试，凉茶已苦，那位老太太还拼命加药散，我喝了，刘幼林也喝，味道古怪透顶，他还眉头也不皱，老太太看了说："这个洋人，你叫他喝毒药，他也会死给你看。"

张艾嘉清新可喜，来邵氏拍李翰祥的《红楼梦》，演黛玉。她从小就读美国学校，英语顶呱呱，介绍给刘幼林认识，两人说个不停，刘幼林好像和台湾女子特别有缘，张艾嘉成为他的第二任太太。

他们在港岛干德道十号租了间大公寓当新居，和杨凡常去搓麻将。遇到长假期，打个三天三夜，张艾嘉脸上化的妆都剥脱了，还照打不误，记忆犹新。

几经风雨，我也不想知道来龙去脉，数年后，又有一天，刘幼林向我说："我对她一直很好，为什么搞到这个下场？"

记得在日本时，我监制了第一部电影，为了节省成本，把所有朋友都抓去当演员。刘幼林扮一个医生，只有一句对白，是向女主角丁红说："你已经有了身孕。"

那时，导演嫌刘幼林太年轻，叫人把他的头发染白。离婚后的他，双鬓斑斑，已不必化妆了。

我又拉他去喝酒，希尔顿已拆除，多数约在君悦的香槟吧，一杯又一杯，刘幼林的酒量还是那么惊人，除了威士忌、白兰地，他还爱上了中国白酒，一瓶茅台灌下，面不改色。

寡欢的他，终于又遇到一个女人在他身边出现。当时有个沙龙香烟的广告，拍旷野泉水，一片清澈，是刘幼林向往的。私底下，他并不是一个爱在大城市生活的人，和这个女人结了第三次婚，也退休了，他便回到美国夏威夷州定居。

广告与现实生活有一段距离，刘幼林在白沙碧海的安稳日子并不好过，与我电邮通信时常提起想找点事来做，我也不晓得怎么安排，只知道他的文笔奇佳，如果有什么富商要写英文传记，他倒是一个合适的人选。

今晚独自喝酒，怀念起这位老友，举起笔来……

一生悬命

许多年前，斧山道上的嘉禾片厂，每天不断徘徊着几个日本女子，都是成龙的影迷，能看到他一眼，是她们一生中最大的愿望。

其中一个很瘦弱矮小，两颗大眼睛，像是唯一能看到她的东西。她已经一连来了三天。

我们在片厂上班的人看惯了，从来不与影迷们交谈。傍晚经过，听到她咿咿呀呀地向警卫询问，并非听不懂的日语，而是言语障碍者的发音。

下着大雨，她畏缩在屋檐下，脸色苍白。片厂并没有餐厅，她站了一整天，眼见就快晕倒。

"你没事吧？"我用日语问。

她倾耳，原来连声音也听不到。我从袋中取出纸和笔写下。

"大丈夫。"她也写。

这也是我学到的第一句日语，发音为 Daijyobu，和男子汉一点关系也搭不上，是"不要紧"的意思。

我用手语请她到办公室坐着，给她倒上一杯热茶，再在纸上笔谈："积奇①在美国，不必等他回来。"

"不是等成龙。"她摇头后写上，"我爱香港电影，什么时候可以看到拍戏？"

那年头不流行搭布景，拍摄都在空地进行。片厂只是一个工作人员的集中地。这几日天气不稳定，也不知道什么时候才出外景，我写着要她回去。

看她好生失望的表情，只能再和她谈两句，问道："为什么那么爱看港片？"

"从中国香港电影中感觉到的活力，是日本片没有的。"她写，"我最想当演员。如果能在中国香港电影中演一个角色，我就心满意足了。"

真是不自量力，我也没什么话好说，写道："当演员，需要讲对白。"

① 成龙饰演的角色。——编者注

"我学。"她写,"一生悬命。"

一生悬命,Issyokenmei,是拼命的意思。但身体上的缺陷,怎么强求?我点头,目送她走。

第二年,她又回来。

看到她疲弱的样子,我真担心。这时,她张开口:"Dai……Dai……Daijyo……Daijyobu。"

说完了这句"大丈夫",她满足地笑了。

第三年,她已会说"一生悬命"。

笔谈中,得知她学语言的过程。这个小女子竟然参加了"东映演员训练班"学讲对白,自己又修阅读嘴唇动作的课程。怎么让她进入训练班的她没说过,学费倒付了不少。

第四年,她来,又是咿咿呀呀"一生悬命"地说话,我要很留意听才懂得几句。刚好有部小资本的动作片拍摄,我请武术指导带她去现场看看。她开心死了,拍完戏,大概是工作人员同情她,请她去九龙城的餐厅吃火锅。

接着那几年,她没间断来港。之前总传真说何时抵达,我外游不在,她留下小礼物就走。

去年她在我的办公室中看着书架上那六七十本散文集,下了决心,向我说:"我要做作家。"

对她的意愿我已不感到诧异,点头说:"好,等着你的作品。"

前几天她又来了,捧了一大叠原稿纸,向我说:"出版已经决定。"

"恭喜你了。"我说,"付你多少版税?"

她摇头:"出版社要求我出 250 万日元。我一次全给了他们。"

我心中大叫不妙,但既成的事,不说扫兴话。

　　"你替我纠正一下好吗？"她说，"书里有很多中国名词，我怕写得不对。"

　　我点头答应。她高兴地走了。

　　今夜看她的书稿，只有一个错处，把"旺角卡门"的那个"卡"字写漏了。

　　书中充满在香港受到的感动，弥敦道上人头攒动，新界小巷中的孤寂、西贡鲤鱼门的美食等。第一次来港，在万家灯火的启德机场降落。当然也少不了目睹电影摄制的震撼，以及对嘉禾片厂被夷为平地的失落。

　　从 20 岁的少女，经过整整 10 年，今年已是 30 岁，我从笔谈和对话中了解的她比书中更多：两岁的时候发烧，从此又聋又哑的事，在书中只字不提。她家也不是什么有钱人家，父母在乡下开了一间做内衣裤的小厂，她一个人住在东京，经济独立，做电脑打字员，又当夜班护士助理，所受同事们的白眼和病人的欺负也只向我说过，被对方掴耳光整个人飞出去是常事。她省吃俭用，钱花在来香港的机票和住宿上，最后的那笔 15 万港元的储蓄拿来出书，有没有着落，还不知道。

　　在作者简历上，她只写着："1994 至 1995 年，出演东映录影带电影，当警车训练所职员，说过一句对白。"

　　弱小的她，是一个真正的"大丈夫"。

第三章

只求心中真喜欢

十年

到会记

剧院叟影

飞机餐

邂逅康桥

香港搬家记

槟城今昔

身世

做生意

金钱

谢幕

苏美璐

木人写作

遇曹江

淡

老友倪匡

吃鱼

悠闲游

救命记

电脑

怀念李翰祥

陆羽茶室的晚宴

避风塘旧梦

烧鹅先生

一生悬命

万荷堂

及时行乐

花钱专家

怀念对幼林

巴黎的陆羽

及时行乐

当斯坦利·库布里克在 1968 年拍《2001 太空漫游》时，我 27 岁。在黑暗的戏院里，我在想："要是到了 2001 年，我 60 岁，将会是怎样的一个世界？我会变成怎样的一个人？"

就么么刹那间，我活过了 2001 年，还到了 2002 年。

丰子恺先生写过一篇叫《渐》的文章，说一切在一点一滴进行着，我们不知不觉地由天真的小孩变成顽固的老头。我认为时间不是一步步走，而是跳着来的。

虽然说将来或许可以通过基因改造，使人活到 300 岁，但在写这篇文章的年代，未能实现。人类自始以来，还是多数以百岁为限，从前医药没那么发达，人生七十古来稀这句话，代表一生的短暂。

我们把这一生切开来，分婴儿、少年、青年、中年、老年几个阶段，也以生老病死来区别，都是必经的，但是我们总是怀念和沉湎于从前，这是拜赐于诗歌和戏剧，永远歌颂过去的是好的。

多美丽的青春，啊，像小鸟一样飞去不回来，我们得珍惜呀！珍惜！

年轻人，懂得珍惜吗？他们正处于破坏的年纪，珍惜一个鬼！儿童的天真无邪，多可爱，多可爱！我们做小孩的时候，只懂得要糖吃，当今的小孩，只懂得打游戏机吧？

进入社会，我们为生活奔波，以照顾下一代为理由，只会拼命挣钱，或者无奈地生存下去。

老了，机器逐渐坏了，我们生活在痛苦之中，更感叹青春的美妙。

一生就那么愚愚蠢蠢地过去，值得吗？在黑夜里，大家反省，却得不到一个答案。

从古迹中发现，我们有了几千年的文化，但我们还在迷惑：这一生怎么过？

既然有生老病死，我们必须接受，我们怎么能不好好享受每一个阶段呢？

童年和青春过得最快了，因为这是无知的年代。小孩子一下子变成了中年人，年轻人变老了。

你现在已经二三十岁了吧？也许四五十岁，或者六七十岁。看完这篇东西，睡觉之前想一想，你的悲哀，是否多过你的快乐。

怎么办？当然是及时行乐了。

老了，至少有点美好的回忆。而这个老，在死之前，是一定来的。

我们明知自己会死，为什么不去讨论？为什么不去笑着面对它？有什么好避忌的？死，也要死得快乐，才对得起自己。怎么死才死得快乐？当然要在活的时候敢作敢为。

许多后悔，都是基于"不敢"。这个不敢害死了我们。什么叫作"敢"？敢和不敢，都是别人教你不可这样做，不可那样做，绝对不是自己坐下来就会的事，是别人加在你头上的所谓教育。勇气是一个抽象的名词，就像感到心痛，那只是想出来的，不想就不痛，不像人家砍你一刀，那才叫真正的痛。勇气是踏出来的第一步，敢与不敢是一念之差，你认为敢，就敢了。

年轻人最勇敢。他们的敢，基于无知。失败多了，就不敢。但是能屡败屡战，你就可以把青春留住。那么，人就不会老了。

"不听老人言，吃亏在眼前"这句古话，是人老了，变成了"老狐狸"的人说的。人学会保护自己，但已老，不可救药地老，老到没什么意思，老到要你和他一样没有意思地老。

勇于及时行乐吧！有好的吃，就吃。别相信什么胆固醇，宁愿相信"吃得过多，会生厌的"。吃得过多，才有胆固醇。

能爱就爱吧！别暗恋了。喜欢对方，就向对方表明，总好过后悔一生。

学习新事物，如果你找不到爱的话，它能填满你人生中的空虚，成为一种学问，你也会从中找到爱。

有什么不满的，就努力，努力是必要的，努力之后达不到目的，心理也平衡。不然就懒吧，懒也是生活态度，只要你不要求过多的话。

保持一份"真"最要紧。这份真，是个宝藏，可以维护你很多年。错了，就像小孩一样道歉好了，没什么大不了的。老了还是童言无忌，只有少数人会这种特技。学不会的话，保持沉默。保持沉默，还是能够把这份真留下来的。

有了真，疏狂就跟着诞生。大吃大喝，大笑大哭，旁若无人，又有谁管得着你？偶尔的疯狂，是真的有营养。

这一生的道路，总要走到一个终结。回头想想，是不是都为了别人而活？

先爱自己，才会爱别人。

小时候听父母的，大一点听老师的，再大些听社会的。够了，够了，不能再为别人而活了。早一天觉醒，早一天快乐。

什么？你觉得我说的都是胡言乱语？那么循规蹈矩地活下去吧！你不快乐，别埋怨！

蔡澜 61 岁生日，大醉后作。

懂得花

天下有种"花"，叫"懂得花"。

拥有这朵"花"的人，将得到无限的幸福。

很多人，学会赚钱，拼命赚钱。但是，懂得花钱的人少之又少。它是一门艺术，需要的是才华，是豁达个性；孤寒[①]的人，没有希望学会。

我必须承认我花钱的本领比我赚钱的本领高。

有人说要是中了 3000 万的六合彩，叫他一下子花光，是不可能的事。我说交给我好了，我到明朝家具店打一个转，一个子儿也不剩。

更大的数目我也可以即刻散掉，苏富比拍卖凡·高或毕加索的作品，我一举手，成亿美金就送了出去。

我那么懂得花钱，是因为我有几位好老师。

"要选，就选最好的。"父亲说。

"什么是最好的呢？"

"从比较中学会，一件东西，比另一件好，就选它。从图书中比较，从博物院中比较，从旅行中比较。"

我似懂非懂，已要出国留学。

"书本上没说贵的就好呀！"

"贵有它的道理。得到的不只是短暂的快乐，还有人生的经验。"父亲说。

---

① 孤寒，粤语，指吝啬。——编者注

秦子彬先生是泰国华侨，家父的朋友。

秦先生出了巨额，要把我从一家公司挖走。我对旧老板有感情，不肯。

"都怪我不好。"他说，"我出手太低。"

翌日，他在飞机事故中丧生。

倪匡兄和我喝酒，大醉。

上的士，呕吐得一塌糊涂，司机正在皱眉头，倪匡兄掏出一张100元港币。当年，相当于现在的1000港元吧？

司机客气地扶他下车。

"如果钱能买到安心，就是值得的。"倪匡兄说。

当我替电影公司把剧本费交给他时，他即刻分了一半给倪太。

"我那一半花天酒地，天公地道。"他说。

最后，他那50巴仙当然花得干干净净。当今在旧金山，用他太太那一半，倪太并不觉得不公平。

收集珍贵的贝壳，养名种金鱼，都要懂得花。倪匡兄不惜工本购入，他说："如果用钱可以买到学问，那是最便宜的。"

倪匡兄对贝壳的研究甚深，在极有权威的贝壳杂志上发表论文，备受国际贝壳爱好家赞赏。

他找不到眼镜时，想在美国多配一副，但那边要有专家验光才肯出货。倪太返港，他吩咐买，一下买十副。这个角落放一副，那个角落放一副，随时供阅读。

他家有三层楼，如果把按摩椅放在客厅，须走下或爬上。干脆买三张，一层楼放一张。

"钱买到的方便，何乐不为？"倪匡兄说。

丁雄泉先生的画室，在荷兰阿姆斯特丹，是一间小学的室内篮球场改建的，天花板上装了 500 支日光灯。

从香港飞去，黎明抵达，到了他的画室，他干的第一件事就是把一瓶最好的香槟开了。

"为什么要那么早喝香槟？"我问。

"为什么要那么晚喝香槟？"他反问。

厨房在画室的楼上，和画室一般大，用具多与餐厅的相同，有一个巨大的切生火腿的机器。

每天不停地画画，每天不停地喝酒，每天不停地吃美食，他的生命是燎原的烈火。

他的食量是惊人的，一个大西瓜一个人干掉，绝不是问题。比利时青口，一吃就是三大锅。

他来了东方，看到久未尝到的海鲜，每一尾鱼都想吃。一次在鲤鱼门，买了 14 条鱼。

丁先生是浙江人，对沪菜有一份深厚的感情，到了香港当然要去上海馆子。

我们两人一坐下，看了菜单，这点那点，一下子要了十几个菜。

菜摆满整桌。经理走过来问："其他的客人呢？"

"都不来了。"丁先生说。

"丁先生和蔡先生请客，有什么人敢不来？到底请了什么人？"经理问。

丁先生懒洋洋地说："请了李白，请了毕加索，请了爱因斯坦，都不来了。"

谢谢你们，我的好老师，给了我"懂得花"。

谈豁达

"人家都说黄霑是一个豁达的人，我也想有一个豁达的人生，到底怎样才能养成？"小朋友问。

"多数是天生的。"我说。

"有些人说你也很豁达呀，你从小就是那样的个性吗？"

"不，我小时候个性相当扭扭捏捏，并不是一个很开朗的孩子。"

"那你是怎样才看得开的？"

"小时候爱看书，历史和小说中总有一些豪迈的人物，很向往，就决心要学他们。"

"那要从何着手？"小朋友又问。

"书上说这些人年轻时都很刻苦，经过一番努力，才变成那样的，我就和他们一样辛勤发奋呀。"

"就那么简单？"

"就那么简单，没有其他方法。"

"但是有些人努力了一辈子，也没用呀！"

"那是努力得不够，以为自己努力过罢了。真正肯努力的人，想学什么最后一定学会。像黄霑兄一样，他喜欢音乐，从小就去学吹口琴，没下过一番苦功，怎么吹得好？"

"那也要有恩师提拔才行。"

"我说过很多次，这世界上好的老师到处都有，要找一个好学生反而不容易。能当上老师，一定努力过，看到一个勤力学习的人，等于看到自己年轻时的样子，爱都来不及了，怎么会不去教他？"

"你这么说，才华就没有用了？"

"才华也要加上努力的。"我说，"我看过很多有才华的年轻人，一下子成了名，就不肯再学习。这些人在我身边像苍蝇一样，一只只跌死。"

"那么家境好有没有关系呢？"

"我看过很多富家子弟，不愁吃不愁穿，但是他们不满足，自己买了一艘 40 英尺的游艇，看到别人有一艘 42 英尺的，就不开心了。吃过苦的人，比较安于现状，有一点点收获就高兴得不得了，人就开朗起来，也是拥有豁达个性的开始。"

"你这么说都是老生常谈，我们作为年轻人，是听不进去的。"小朋友说。

"那只有搬出大棒。"我说。

"大棒？"小朋友愕然。

"好吃懒做，不肯努力又不求上进的人，有什么资格谈豁达呢？拿出大棒把他们敲醒。"

"你怎么可以那么教人做人？"

"豁达的人，什么话都说得出。而且豁达的人，思想上带着很浓厚的传统味道，只是他们的表现方法和常人不一样罢了，到了最后，还是要被你们年轻人认为很老土。"

"你这么说，我开始有点明白了。要做一个豁达的人，有什么基本条件呢？"

"第一，要真。"

"那很容易。"

"绝对不容易，但也很简单，简单是基础。"

"还有呢？"

"好奇心重，热爱生命。"

"会喝酒，重不重要？"

"豁达的人，会产生一种很自然的兴奋状态，就是英文所谓的'natural high'（自然嗨）。体质上是能接受酒精的话，也不要紧。能喝最好，醉是一种美妙的境界。"

"还要遵守些什么？"

"尊师重道呀，守诺言呀，准时呀，孝顺呀，都是老土得不能再老土了，这些话我想你们从小就听过，为什么忘了呢？"

"对朋友呢？"

"尽量发觉对方的好处，忘记他们的缺点。"

"别人做了对不起你的事，可不可以报仇？"

"当然要报仇啦！等待机会，给他狠狠来一记，但是，等呀，等呀，豁达的人都会忘记仇恨的。"

"怎么面对困境？"

"我不是说过吗？豁达的人在年轻时总是过着像苦行僧的生活，什么苦都吃尽了，对他，还有什么困境可谈？"

"需不需要像竹林七贤一样疯疯癫癫？"

"你可以照样穿西装、打领带，做上班一族，但是思想上疯癫一点总是好的。"

"笑声，会不会比别人大一点？"

"当你成为一个豁达的人，就会发现拘谨的人的所作所为很滑稽，自然笑得大声一点。婴儿，总是大哭大笑的，他们最豁达了。

到会记

母亲做寿。近年因她行动不便，甚少出外吃饭，就请了"发记"到会。

到会，南洋人又叫办桌，是把餐馆搬到家里来。香港著名的"福临门"也由到会起家，做功一流，店名吉祥，生意滔滔。到会这件事，年轻一辈见也没见过。当今能做到的，已算豪华奢侈的了。

"发记"是我认为全球最好的餐厅之一，许多老潮州菜菜谱都被 50 岁的东主李长豪先生固执地保存下来，如今即使去汕头，也难找到同样的水准。

长豪兄放下店里的生意，在星期日驾了辆面包车，带着助手和两位女侍应，搬了家伙，浩浩荡荡来到我家。

先把他设计的烤乳猪铁架从车上搬下，搭好了，点起炭火来。这么难得的过程，我当然得从头观察到尾。

"大概需要多少时间准备一顿饭？"我问东问西。

"一小时吧。"他回答。

"真快。"我说。

"现在方便得多，又有人帮手，我爷爷当年去马来西亚的小镇到会，赤手空拳，带去的只是两支铁叉。"

"没有炉子，怎么烤猪？"

"在地上铺了一张盖屋顶的铁皮，上面铺炭，不就是最好的炉子吗？"

"食材呢？"

"主人家里多数会种点菜，养些鹅鸭。至于鱼，还要亲自到附近池塘里抓呢，哈哈哈。"

乳猪两只，在店里已去了骨头。火生好了，长豪兄将之插到叉上，就那么在我家停车场烧烤起来。

"先烤皮还是烤肉，或者两边一起烤？"我问。

"烤皮。"他肯定，"肉可以等皮烤好后慢慢烧。"

"要不要下调味酱？"

"在这个阶段什么都不必涂，只要抹上一点黑醋，使皮松化。"

一手一叉，长豪兄将铁叉翻转后，由家伙中拿出一支长柄的刷子，蘸了油，涂在猪皮上。

"涂油是要令温度降低，不是更热。"他解释，"在这个过程中，最重要还是用心，看到皮一过热，马上涂油，不然便会起泡。"

老潮州烤猪和广东的做法不一样，广东人烤出的是芝麻皮，要发细泡；潮州人烤出的则是光皮，一个泡也不允许发出。

忽然，我发现在猪臀那个部分发出的不是细泡，而是一个涨得很大的泡，眼看就要爆开。说时迟那时快，长豪兄又取出一根尖长的铁枝，从肉中穿去，空气漏出，皮又变回平坦。

20分钟后，烧得快好，但猪头旁边接触不到火，有点生。长豪兄拿起铁叉，放在火炉架子的下面，让余温将猪头慢火熏熟，完全是一种艺术。

盐也不放，怎么够咸？在乳猪烤起的最后一刻涂上南乳酱，大功告成，切块上桌。

接着做生蒸鲄鱼，将两条三斤重的大鲄，洗净后放在砧板上。助手说忘记带刀来，这怎么是好？

"家里的刀很钝。"我说。

"不要紧。"长豪兄拿了过来，翻过碗底，就那么刷刷刷地磨起来，钝刀一下子变成锋利无比的工具。

每条鲄鱼片三刀，两面共六刀。一刀在鳍边，一刀在背上，一刀剖尾。将两个瓷汤匙塞入背和尾的缝中，放在底下，面上的缝里塞进两粒泡得软熟的大酸梅。鳍面腹部塞入了冬菇。

"得把另一片冬菇铺在鱼肚上，那个部分最薄，不这么做会蒸得过老。"长豪兄说。

在鱼上放红辣椒丝和茼蒿菜还有一只冬菇，红绿黑三色，极为鲜艳。淋上点鱼露，最后没有忘记猪油丝，蒸出来后的脂肪完全融化，令鱼的表面发亮。

"鱼蒸多久？"我问得详细。

"餐厅的火猛，蒸 5 分钟，最多 6 分钟；家里的火弱，要 11 分钟。"他回答得准确。

用这种方法才能把整条大鲃鱼蒸得完美。我到过无数的餐厅，至今都没见过。要不是长豪兄得到祖父传下来的手艺，它在这世上已经失传。

下了一大锅热油，把南洋人称为贵刁的河粉炒透，炒到略焦时另用上汤煮一大锅鱼片、虾、猪肉，鲜鱿和菜心，淋在河粉上面，兜两下，即上桌，给家母的一群曾孙子、曾孙女先饱肚，大人再慢慢欣赏其他寿肴，包括炸虾枣、甜酸海蜇头、芥蓝炆猪手，炒肚尖等十几道菜。还有我最爱吃的潮州鱼生，是将当地称为西刀的鱼切片上桌的，鲜甜无比，最后上的是甜品金瓜芋泥。

付账时，价目看得令人发笑，我说："不会是因为我们的友好关系，算得特别便宜吧？"

"你讲明不吃鲍参肚翅的，怎会太贵呢？"长豪兄笑着说，"用那些材料，也见不到什么功夫。当今的客人只会叫那些东西，而且吩咐一定要清淡，一点猪油也不许放。"

"叫他们自己去。"我说。

南洋的天气下，长豪兄满头大汗，略为肥胖的身体穿的衣服也被汗水浸透。他听了我的话，好像已经不在乎，笑着附和："是的，叫他们自己去！"

重现避风塘旧梦

好像已经是半个世纪以前的事。

一到夏天太阳下山，我总在怡东酒店顶楼喝几杯马天尼，欣赏灿烂的晚霞之后，有点醉意，乘电梯下楼，走过会议中心，门口侧边的建筑物中有一道铁门，很少人知道。打开了，经过一些阶梯，就看到很多直通的水管，从透视角度来看，像斯坦利·库布里克的《2001太空漫游》的机舱走廊，又似《007》电影中出现的秘密隧道。带友人走进去，都会感到新奇和兴奋。

本来，这里刚好是太古公司开中午礼炮的地方。一群艇家女出现，把客人包围起来，要你租她们的小艇出海。

熟悉的一位名为大眼，名副其实地眼睛大大的。大眼只负责拉客的工作，至于要租什么艇，就由她分配，她知道我爱乘的是条叫孖女的船。常年使用的船只都是住人的，孖女一家四口在船上生活，到了晚上把客厅献出来。

客人坐好后，孖女的母亲就把小艇撑到避风塘中。船很宽阔，摆了一张方桌，可坐八个客人，有个小马达发电。我们一上船，她就把灯打开，表示这艘船已经出租。

喜欢孖女，是因为能看着这对孪生女孩的母亲一面招呼我们，一面督促女儿的学业。小女孩们戴着很厚的近视眼镜，低头做功课。

凉风吹来，远处可以看到另一条小艇。一看，船上卖的是各种饮品，很受欢迎的是叫"Mateus"的玫瑰酒，俗名为"码头老鼠"，冷冻过的很容易入喉。当然，不乏名厂白兰地，当年是喝白兰地的年代，友人相聚，第一件事就是把一瓶 XO 摆在桌子中间。

夏天产荔枝和龙眼，一买数斤，请船家用冰冻起来后，就把船撑开了。

小菜和粥面，由一艘叫"兴记"的艇供应，白灼粉肠、蚝油韭菜花的味道记忆犹新，也少不了叫一碗最地道的艇仔粥和烧鹅濑粉。

大菜则是"喜记"和"汉记"著名的炒避风塘螃蟹了。香味一阵阵传来，要到炒好了才靠得近这两家人的船，否则会被那蒜头和指天椒的味道熏出眼泪来。

一曲江南小调，原来发自一艘有人唱歌的艇上。靠近了，问客人要听什么就唱什么。那时流行一首叫《美丽星期天》(*Beautiful Sunday*) 的，客人要求，小艇上的姑娘也懂得，唱出来的，是一首粤曲般的英文歌。那个 DAY 字，拉得长长的，还有点鼻音。

水果已冰凉，送上来大嚼一番。

在一片欢乐中，我们度过无数的晚上，还记得有人在艇上打一通宵麻将呢。多少远方客人陶醉在此夜曲之中。

避风塘这种艇家的传统，来自广州珠江畔的花艇。内地人来到香港，不回去了，就把这个旧梦在铜锣湾重现，在油麻地也做了同样的生意。

先是油麻地的避风塘消失，数年后，铜锣湾的也因污染问题而被禁。多少远客为了不能重游而唏嘘。

我们到了夏天，更是寂寞。

一直怀念避风塘的轻舟荡漾和尝过的美食。夏天珠江畔的花艇就停泊在现在的"白天鹅酒店"旁边，我为此努力不懈，要求该酒店重现当年风光，它一定能成为一个旅游重点，可惜却因为环境保护问题而被拒绝了。

怀念情绪日渐强烈，有时梦中看到独立艇家"妹记"的那位少女，她由瘦小的学生摇船摇至长成大人，结婚、生小孩，至今在何方？

上苍对我是仁慈的，想到的事多多少少能够实现。停在香港仔海上的巨轮"珍宝"当今由何猷龙接管，花了几千万元重新装修，三楼保存旧时龙宫式的餐饮胜地，二楼改为高级食府，四楼还有一家西餐厅要开，整个计划是庞大的。

我有幸参与其中，建议让香港仔的海湾重现当年的避风塘情怀，得到何先生的同意，他和政府多番商讨，做出不污染海面的方案，终于得到政府许可和支持。现在避风塘又重见天日。

当年"喜记"的老板廖喜有远见，早在湾仔登陆，开海鲜店，生意滔滔，许多娱乐界名人都爱光顾。廖老板当今也被内地"谭鱼头"集团请去成都大展拳脚，本来分身乏术，但与我私交甚笃，和他一商量，即刻助我一马，前来新避风塘炒蟹，保证各位客人吃到当年风味。

"珍宝"集团已联络了十数艘小艇，随时让客人出海。重现当年的饮品已可做到，但是唱江南小调的，都已改行。我会去粤曲爱好者协会邀请大家来帮忙。

这数十年来向人一提重现避风塘，都被对方耻笑做白日梦，当今已有了曙光。起初并不完善，但相信假以时日，也许会做得比从前的更热闹，让大家夜夜把酒言欢。

眼望远方傻想，原来是一件极值得推崇的事。

热冬

这次去北京，主要为中央电视台第一频道录一个农历新年节目，从初一到初七，每天播一集。

内容谈的又是饮食，其实讲来讲去，都是一些我发表过的意见，但电视台就是要求重复这个话题，并叫我烧六个菜助兴。

事前沟通过，我认为既然要示范，一定得做些又简单又不会失败的家常菜，太复杂的还是留给真正的餐厅大师傅去表演。

与导演詹末小姐上次在青岛做满汉全席比赛的评审时合作过，大家决定第一天烧"大红袍"这道菜，其实和衣服或茶叶无关，只是盐焗蟹，取其型色及吉利而名之。把螃蟹洗净放入铁锅，撒大把粗盐，上锅盖，焗至全红，香味四散，即成。

第二道是妈妈教的菜，蔡家炒饭。

第三道为龙井鸡，用一个深底锅，下面铺甘蔗，鸡全只，抹油盐放入；上面撒龙井茶，上盖，40分钟后，鸡碧绿。

第四道煲江珧柱和萝卜，加一小块瘦肉，煲上40分钟，江珧柱甜，萝卜也甜，没有失败的道理。

第五道为姜丝煎蛋，让坐月子的太太吃，充满爱心。

第六道菜，编导要求与文学作品有关，红楼宴和水浒餐已先后出笼，故选了金庸先生《射雕英雄传》里的"二十四桥明月夜"，是黄蓉骗洪七公武功时做的菜，要把豆腐酿在火腿里面。这道菜铺记的甘老板和我一起研究后做过，其实也不难，把火腿锯开，挖两个洞，填入豆腐后蒸四五小时罢了。

一切准备好，开拍的那天还到北京的水产批发市场去买肥大的膏蟹及其他材料，然后进摄影间。

化妆间内遇两位主持，一男一女。女的叫孙小梅，多才多艺，拉得一手好小提琴。前些时候还看到她用英语唱京剧，人长得很漂亮。

男的叫大山，是个洋人，原来这位老兄还是个大腕，常在电视中表演相声，遇到他的人都要求和他合照和索取签名。他是加拿大人，却说得一口京腔，比我的普通话还要标准。

大山在节目中说他一年拜一个师傅，去年拜的还是作对联的，今年要拜我做烧菜的师傅。我说 OK，不过有个条件，那就是让我拜他做普通话老师。

大家都很专业，录影进行得快，本来预计三天的工作，两天就赶完。

电视台安排我们住最近的旅馆，有香格里拉和世纪金源大饭店可选。他们说前者已旧了，不如改为后者吧，是新建的，我没住过，试试也好。

世纪金源大饭店位于海淀区板井路上，是个地产商发展的，附近都是他们盖的公寓。酒店本身也像一座座的住宅，又是和我上次住的王府井君悦一样，为弯弯的半月形建筑。房间和服务尽量想做到五星级的，但是没有香格里拉的国际性。

补其不足的是地下有个所谓的不夜城，里面有很大的超市、夜总会、桑拿店、足底按摩店、迪斯科厅和各类商店，最主要的是有很多很多的特色餐厅，24 小时营业。

我们抵达那天就第一时间去一家北京小店吃东西，看见一锅锅的骨头，肉不多，用香料煮得热辣辣地上桌。菜名叫羊蝎子，与蝎子无关，骨头翘起，像只蝎子的尾巴，故名之。

这锅羊肉实在吃得痛快，不尽兴，还要了白煮羊头、羊杂汤和炒羊肉等。来到北京不吃羊，怎么说得过去。

当天晚上又去吃羊，同在海淀区，有家出名的涮羊肉店叫"鼎鼎香"，那里有像"满福楼"一样的生切羊腿，不经过冷冻，由内蒙古直接运到，肉质柔软无比，羊膻味恰好，我连吃好几碟。又来碟羊圈，是全肥的。最后试小羊肉，味道不够，但肉质更软细，吃得大乐。

第三天再跑去不夜城，选家湖北菜馆，本来想点些别的，但菜单上的羊肉有种种不同的做法，忍不住又点了一桌子羊。

节目录完，监制陈晓卿请我们到一家叫"西贝"的内蒙古餐馆。地方很大，每间房都有自己的小厨房，称之为什么什么家。我们去的那间，就叫蔡家。

内蒙古人当然吃羊啦，羊鞍子是一条条的羊排骨，用手撕开来啃肉，味道奇佳。我看菜单上有烤小羊，要了一份，陈晓卿脸上有种"你吃不完"的表情，但一份烤小羊，那么多人吃，怎么会吃不完？

一上桌才知道是一整只的小羊，烤得很香脆，照吃不误。接下来的，都是羊肉。

来北京之前听说这个冬天极冷，零下 15 摄氏度。从机场走出，天回暖，是 4 到 5 摄氏度吧？因为衣服穿得多，出了整身汗，酒店房间的热气十足，关掉空调还是热，只有请服务员来打开窗子才睡得着觉。电视摄影棚灯光打得多，又热了起来，餐厅更热，全身发烫。

没有理由那么热吧？后来发现羊肉吃得多，热量从体内发出，在北京的这个冬天所流的汗，比在其他地方的夏天还多。

花钱专家的梦

有些人说有钱不知怎么花，我听了大笑不已。花钱，我是专家。

"中了两亿元的六合彩，一年花光很容易。"朋友发表大论，"一下子花光就难。"

谁说的？给我两亿，我去买张毕加索的作品，还不够呢。

钱不花就不算钱，这是老生常谈。阿妈是女人，谁又不知道呢？但偏偏有人不会花，赚来的存进银行，结果多一个零少一个零，都不知道。

如果我有一笔额外的收入，一定拿 10 至 50 巴仙来花。这才让我感觉到钱的价值。我还有不接受任何劝告的习惯。叫我别花钱我就花得更厉害，所以比例是 10 至 50 巴仙。但是我有自制，是不会超过 50 巴仙的。

年轻时的梦想：买个小岛，一个人住，设一电影院，把世界古今电影收集起来，要看什么就看什么。

朋友笑我："那么至少要有一个放映师呀！"

当今这个梦想已不是不可能的。一些国家的小岛还是买得起的，至于电影，都已出了 DVD，集中起来方便，更不必靠放映师了。

"寂寞起来怎么办？"友人又问。

"寂寞起来，用私人飞机把朋友接过来，再用飞机送他们走呀。"

朋友又笑："那么飞机师呢？"

"来了即刻走，不许停留在岛上。"我说。

近来这个想法有点改变，活到老学到老，我要自己学会怎么驾驶飞机。

"四人座的驾起来也不难。"友人承认。

谁说是四人座？要买的话，买架波音 747。

"请的只是几个朋友，要那么大的来干什么？"友人问。

哼，哼！飞机当然愈大愈好了。那些所谓的富豪的小型喷射机有一个卧室就以为了不起，我要是有私人飞机，一定先建一个大厨房在中间。

我也不会忽视安全，弄个大排档式的明火炉子。依照规律，一切加热可矣。许多加热的食物比现煮的更好吃，像炖汤类和红烧类。

那么大的厨房，设铁板烧总没有问题吧？买最好的神户三田牛肉，让友人围在铁板旁边进食，最多减少加 XO 白兰地燃火的过程。

大烤炉也是安全的，中间可以放只新疆羊进去，慢慢转，等到香味喷出才请大家去吃。

摆个寿司档更方便，我有这么多年的吃鱼生经验，已学会怎么捏饭团、切鱼片，卷一条饭卷也拿手。

坐飞机，友人也许没有胃口，那么烧咖喱是最受欢迎的，不然来碗蔡家炒饭，最多借助无火煮食器，当今的发明热量也够用。

接住在荷兰的丁雄泉先生来的时候，先飞到中东的食材店进货，买些香肠。那里有一种由鸡肠灌起，再灌鸭肠及鹅肠，一层层灌到羊肠和牛肠的香肠。丁先生喜欢吃，我记得。何乐不为呢？

"波音机上有没有卡拉 OK？"有些朋友问。

那还不容易？迪斯科厅也有一间，卡拉 OK 算得了什么？不过我不会走进去，最讨厌人家唱卡拉 OK 了，让那些喜欢它的人去享受吧。

除了厨房，浴室也重要。先飞日本名古屋，吸大量的下吕温泉泉水，灌进飞机上的喷射泉中加热。

没有文化气息也不行，飞机内设有一张紫檀的大画桌，请书法家、画家友人雅集。

飞机遇到不稳定气流，绑安全带是一件姿态不美的事。不如设一张大床，被单塞进床垫下，睡大觉也不会从中飞出。

还有，还有——

不实际！想得太多没有用。

包架飞机从香港去内地玩倒是可行的。

从赤鱲角出发，先飞桂林，游山水，吃马肉米粉。住的都是当地最好的酒店。

再飞去看黄山。

到昆明之后可去的地方更多，丽江呀，大理呀，去普洱喝普洱茶，也很过瘾。

最后到新疆的大草原去，再直飞返港。

亏本生意没人做，这一个旅行团当然有收入，不过薄利罢了。不管多少，要做花钱专家，先得学会赚钱。

救命记

在嘉禾电影工作时，同事兼老友的区丁平，是美术指导出身，后来晋身导演，对建筑甚有研究。他时常告诉我："千万别买顶楼的房子，我们都向往有个天台，但一住下就发现不断漏水，非常麻烦。"

我没听他劝告，购入了公寓最高一层，果然深受其害。最初搬进去已经把整个天台翻开，拆除所有瓷砖，做好一切防水工程，俨如新建。咦，一到夏天大雨，水即透了进来。

请装修人员来看，说得重新修整，花了几十万元修好，第二年又漏水。

这回请一位专家，再花一笔巨款，在天台上用玻璃塑胶建了一个大盆子，像个游水池，一劳永逸。

家中杂物甚多。书籍已尽量丢弃，凡是能在书店中买到的都不藏了，剩下的只是随时要用到的参考书。其他在旅行时买下的东西，用纸箱封着，写上日期，过了数年也想不到的，也都送人。

唯一收藏的好些字画，尤其是四幅印章的原钤，出自老师冯康侯先生的手笔。老人家一生刻印 70 年，至少有上万个，说自己喜欢的寥寥可数，就亲自钤后裱好，装入酸枝玻璃架内，挂在他的书斋里。

他晚年只收禢绍灿和我两个学生。我们不贪心，不敢向老人家要任何墨宝。老师于 1983 年逝世，他儿子有一天忽然来电问我要不要那四幅印谱，可以出让，我喜出望外地买下，一直挂在墙上。见到它们，灯下上课的情景就浮现。

前一阵子有个老师的纪念展览，我把这四幅印谱大方地借出，因为这代表他一生的作品，少了失色。还回来后一下大意，让菲律宾家政助理放进了贮藏室，后来打开一看，整间房子都透满了水。

我大惊，第一个想到的就是那四幅印谱。打开封套，被水浸湿已久，有一半已发了霉，充满黑点！如果是人的话，等于躺在血中。

哇！我大叫，心痛如焚，即刻想到把那些装修的人抓来砍几刀。二话不说，我把它们抱起，冲到楼下，叫司机飞车过海，送到"医院"。

所谓的医院，就是上环永吉街的"文联庄"了，只有找到那家人的裱画师傅，才知道这四幅印谱的命运。

皇后大道上不能停车，我命令司机，罚款也不要紧，把车子半路停下，司机扛头我抬尾，十万火急地将四幅印谱送进二楼的店里。

"有救吗？有救吗？"我一看到文联庄的李先生就大声叫问。

李先生观察一轮，有如院长，然后慢慢点头。

"能有多少成像新的？"我又叫。

"八成。"

"不！"我悲鸣，"你一定要再想办法！"

"尽人事吧，"李先生答应，"希望做到九成。"

我整个人这才放松下来，腿一软，差点摔倒。护士们，不，是店员们拿了椅子让我坐下。

李先生开始欣赏老师的作品。这四幅原钤用的宣纸，上面有红色的格子，以圆珠笔打出，他记得还是老师托他间隔出来的。上面的印章，他也能一个个如数家珍地说出它们的出处，是为什么人刻的。我决意在救起印谱后，用毛笔记录下来，裱好镶架，放在四幅的旁边。

心情还是不能平复。这时店员拿出画册，要我写几个字送给他们。

"写些什么？"我脑子一片空白。

"豪放一点的。"他们说。

忽然想到，现在有一杯在手，该有多好！酒瘾大发，提起笔来，书了"醉他三十六万场"。

"一年三百六十五天，十年三千六，百年三万六。醉个千年，好，好！"李先生说。

其他店员也纷纷拿了画册要我题字，反正手已沾墨，就写个兴起，先来个"逍遥"二字。

另一页，题了"自在"。

店中来了两位客人，男的是洋人，来自多伦多，热爱中国文化，喜书法；女的是中国人，也有同好，时常光顾文联庄。今天刚好碰上，他们也在店中买了写对联的宣纸，要我替他们题字。也好，来个大赠送。

记得家父在世时，访问过冯老师，老师高兴，知道母亲爱喝白兰地，写了一个对子赠送我的双亲，对曰：

万事不如杯在手；

百年长与酒为徒。

学老师，替这对客人写上了，其他人看见我题对联，也都要求。想起家里还有一对弘一法师的，对曰：

自性真清净；

诸法无去来。

临摹了法师的和尚字体乐书之。

那位外国朋友意犹未尽，要我题诗，我将老家壁上题着的绝句写上："锦衣玉带雪中眠，醉后诗魂欲上天；十二万年无此乐，大呼前辈李青莲。"

"李青莲是谁？"他问。

"李白的外号。"我回答。

"到底什么叫书法？"他问，"要怎样才能把字写好？"

我说："字写得好不好没关系，你没看到我气冲冲地跑进来，现在心平气和？这就是书法了。"

木人艺术家

到北海道阿寒湖的"鹤雅"旅馆，一走进门，出现在眼前的就是一座木头的雕刻。一位少女坐在马上，马头朝天，少女也往天上看，风吹来，马鬃和少女的长发都吹得往上翘。造型非常优美，是令人愈看愈陶醉的作品。

一问之下，才知道是一位又聋又哑的艺术家雕的，他的名字叫泷口政满。

这次又去阿寒湖"鹤雅"新筑的别馆，里面有个展览厅，看到泷口氏更多的杰作，有野鹤和猫头鹰等。

翌日，我抽出时间往外跑，旅馆的附近有个阿伊努村，泷口政满在那里开了一家小店，决定向他买个木人回香港观赏。泷口先生刚刚开门，我们见过两次面，大家亲切地打着手势请安。

我本来想买人像，泷口先生有个很杰出的作品，叫"共白发"，一男一女，两座分开，但从木纹上看到是出自一块木头。

楼梯间，有一只猫头鹰。猫头鹰是泷口先生最喜欢的主题之一，他雕过形态不同的各种大小的猫头鹰。这一只，刚走进来的时候看到头摆向左，现在怎么又摆向右呢？看来是两块木头刻的，头和身子连接得天衣无缝。有根轴，泷口先生把头拧来拧去，最后拧 180 度到鹰的身后，得意之极。看他笑得像一个小孩子，知道他对这座作品有浓厚的感情，就改变主意，把猫头鹰买了下来。

一个客人也没有，我们就用纸笔谈了很久，以下是泷口先生的故事。

雕刻大作品时，一定要搞清楚木头的个性，等木头干后才能决定要刻些什么，要不然在人物的手脚，或者猫头鹰的羽毛上出现了裂痕，就没那么完美了。每一种木头个性都不同，所以要和它们做朋友。

我在 1941 年出生于中国沈阳，父亲在铁路局做工，我最初的记忆是巨大的火车头出现。

3 岁的时候，我因为肺炎而发高烧，失去了听觉。25 岁过后，我才第一次用助听器，发现乌鸦的叫声大得不得了。

5 岁时回到东京，在越青大学附属的幼稚园读起，一读就读了 14 年书。学校禁止我们用手语，因为要迫我们学看别人的嘴唇，但是下了课，同学们还是用手语交谈。我因喜欢，学了绘画，后来的职业训练，老师们又教木工课，我学会了用木头制造所需东西的各种基本技巧。

父亲反对我选美术和工艺的道路，我也做过印刷工人。22 岁的时候，我到了一直想去旅行的北海道，在阿寒湖畔的部落里，我第一次遇到阿伊努人，他们脸上皱纹很深，给我留下印象。

现在北海道的手工艺品大多数是机械生产的，当年的都是手雕的。每一家店卖的东西，刻出来的完全不一样。我一间一间走着，觉得非常有趣。

在那里，我遇到一位 20 岁的阿伊努族女子，在土产店当售货员。她说：欢迎光临。我一点反应也没有，后来两人的眼光接触，我才解释说我是听不到东西的。

离开北海道后，我们二人开始写信，她知道我对木刻有兴趣，常把在村里拾到的奇形怪状的木头用纸箱装起来寄给我，信上最后用 Sarorun 签名，阿伊努语"鹤"的意思。我的回信上用 Ichinge 签名，是"龟"的意思。后来在村里开的店，店名叫"Ichinge"。

我决定在北海道住下，是 24 岁时。最初以刻木熊为生，两年后和那位阿伊努女子结婚。以妻子为模特儿，我刻了很多阿伊努少女的雕像。自己的作品卖得出，不管多少钱，也觉得好开心。

刻得多了，对种种木头的特征认识就深了，木纹木眼怎么安排才美也学会了一些。我从小的作品刻到大的。北海道的观光季节只有夏天的半年，冬天用来刻自己喜欢的东西。

每年春天，雪融的时候，会忽然刮起一阵暖风，风中带有泥土的气息，地上已长着嫩芽。这阵风把少女的头发吹起，她们脸上的表情是喜悦的，我用木头捕捉下来。

有一晚，驾车的时候撞到一只猫头鹰，顽强的生命力，令它没死去，我也了解了为什么阿伊努人把它当神来拜。从此，我也喜欢上刻猫头鹰。

到了秋天，大量的木头从湖中漂上岸，数十年也不腐化。有些还埋在土里，是被水冲出来的。不管多重，我都抬回来，依形雕刻。钓鱼的人常把这种木头烧了取暖，我看到形态有趣的就叫他们送给我，所以我有些作品一部分是烧焦的。

很多电视节目和杂志访问我，叫我聋哑艺术家。我只想告诉他们，聋人的作品，就算不比常人好，也不比常人差。我的耳聋影响到我口哑，但这不是我愿意的。看我的雕塑，看不出我的聋哑。

现在我感到最幸福的是，在距离我的店 30 公里之外，我有一个工作室，家就在旁边。地一挖，喷出温泉。晚上泡着温泉，抬头一看，满天星斗像要降下来似的。月光很亮，不需要电灯也能看到东西。

浴后走进屋子，喝一杯，早睡觉。妻子说什么我假装听不到。从她的口型，知道她在说："我还以为是一根木头走进来呢！"

为"蔡萱的缘"作序

弟弟蔡萱在新加坡《联合早报》副刊的专栏将结集成书，由中国的天地出版社出版。我这个做哥哥的，怎么也得把写序的工作抢过来做。

想起来像昨天的事，妈妈生下大姐蔡亮、大哥蔡丹和我，之后就一直想要一个女孩，所以小时候常让蔡萱穿女孩子的衣服，好在他长大后没有其他倾向。

记得最清楚的是蔡萱小时候消化系统有点毛病，像一只动物，本能地找些硬东西吞入肠胃来磨食物，所以常坐在泥地上找碎石来吃。

长大一点，他懂得到米缸旁边，左挑右选找到未剥壳的米粒就吞进肚子。硬东西愈吃愈疯狂，有一天把一枚硬币，像当今港币的五毫铜板那么大，也一口吞掉。母亲一看大惊失色，即刻把他抓去看医生。西医开了泻药，超过 48 小时才排出来，用筷子夹起，拼命冲水，洗个干干净净做纪念。我们做姐姐哥哥的也好奇，一看，银币变成了黑色，可能是受了胃酸腐蚀之故。

南洋人有用抱枕的习惯，蔡萱小时候已懂得把绑住封套的布结撕成羽毛状，轻轻地扫着自己的鼻子更容易入眠，这也许是另一种形式的"安全被单"吧？

在学会走路之前，蔡萱由我们三人轮流抱着，最疼他的是我们的奶妈廖蜜女士，她跟着我们一家到南洋，四个孩子都在她的照顾下长大。当年我们家住在一个游乐场中，叫"大世界"，模仿上海的娱乐场，有戏院、舞台、商店和舞厅，是当地人的夜游之地。晚饭过后，奶妈就抱弟弟到游乐场中走一圈，看着红红绿绿的灯，他疲倦睡去，带回家休息到半夜，忽然醒来，用手指着游乐场，咿咿哎哎，非去不可。但是已经打烊了，怎么解释他当然都听不懂，继续咿咿哎哎。闹得没办法，只好再抱出门，他看到一片黑暗，才肯罢休。家父笑说这个不甘寂寞的孩子，长大了适合做娱乐事业。

念书时，蔡萱最乖，不像我那样整天和野孩子们嬉戏。他一有空就看书，最初不懂运用文字，说一个瓜从山上骨碌骨碌掉下来，爸爸说那叫滚瓜烂熟。从此他对成语很感兴趣，经常背诵，出口成章，都是四个字的。

小学四五年级时，蔡萱已学会写作了。我们那一代的孩子都是看金庸先生的武侠小说长大的，但从来没有想到自己去写。蔡萱不同，用了一本很薄的账簿，将小说写在页后空白之处，写完了一本又一本，洋洋数十万字，把我们全家人都吓到。不知道那些杰作有没有留下，现在看起来，一定很有趣。

姐姐常说蔡萱是一个读书读得最长久的人：幼儿园两年，小学六年，中学六年，大学四年，毕业后又去日本念电视专业三年，加起来，一共念了21年的书。

家父随邵氏兄弟到南洋，任职宣传及电影发行数十年，退休后工作由大哥蔡丹接任，也做了几十年。我自己一出道就替邵氏打工，也已够了吧？父子之中有一个不干电影的也好，但最后也被爸爸言中，蔡萱加入了电视行业，也算娱乐工作了。

新加坡电视台最初制作的节目，多数是请中国香港人过去担任监制。他们把香港那一套搬过去，全拍些港式连续剧。弟弟刚入行，被认为本地姜不辣，没有进取的机会。后来他写了新加坡人生活的剧本，大受欢迎，带本地色彩的连续剧拍了一集又一集，站稳了他的监制地位。

可能是母亲遗传的，我们四名做子女的，都能喝酒。蔡萱尤其喜欢喝酒，几乎天天喝。没有一个大肚腩，是得益于他每天锻炼，把身体保养得很好，一点也不胖。

蔡萱在留学时认识了一个日本女子，就和她结婚了，可见对爱情很专一。他们生下一子蔡晔，一女蔡珊。

他和他太太两人，都是爱猫之人。最初买了两只波斯猫，一公一母，以为能生小猫来卖钱，但是那只公的不喜欢交配，母的只有"红杏出墙"。后来家里养的那30只，都是混交得不清不楚的，但他们两人照样爱护不已。

闲时，弟弟爱打打小麻将，他是中国台湾麻将的爱好者，与我一样。我一年回去一两次，就和他及几位老朋友搓个不亦乐乎，谁赢了，就请大家到附近的面档吃吃消夜，喝喝啤酒。在新加坡，日子过得快。

蔡晔和蔡珊都已结婚，蔡珊还生了一个儿子。蔡萱做了外公，在电视行业的舞台也闭幕，过优哉游哉的日子，无聊了重新拿起笔来写散文，写所见所闻所思，可读性极高。

大姐和大哥有他们的家庭要打理，我又一直在海外生活。家父去世之后，妈妈的起居就一直由蔡萱照顾。她老人家已行动不便，但不做点运动是不行的。早上推着轮椅，带妈妈到老家对面的加东公园散步，是蔡萱每天要做的事。

自认不孝，但好在有这位乖弟弟，才放心。

我一直衷心地感谢他，不知道怎么报答，为他出书时作这一小篇序。感情的债，还是还不清的。

飞机餐

最初出国，对那个装满一格格食物的飞机餐大感兴趣，吃得精光。

多坐两回，已经害怕。天下竟有这么难吃的东西！

是生活水准提高，已不能回头？或者觉得自己是个大亨了，不能吃这种平民化的食物？不，不，不，是因为有选择，不必忍受这种无必要的苦。

我上飞机之前都替自己准备了爱吃的东西，打包上去，只向空姐要一个空盘，将带去的干捞面、炒贵刁、半只烧鹅、全只烤鸡、虾饺、烧卖、荷叶饭等摆好，还自备一双竹筷，吃将起来。最后把纸包和剩菜装进垃圾袋中，干干净净，完全不麻烦人。多好！

国泰的飞机餐一度被评为冠军，实在好吃，就不必自带了。后来水平退步，不堪入口，现在再请"镛记"为他们设计，好了很多。

新机种的座位又拉宽，椅背有荧光幕，空姐的招呼愈来愈完善，只是飞机餐每况愈下。经济效益不好，该省就省，也无可厚非，至少比一些航班的三明治和果汁好得多了。有时他们会给你一包嘉应子①或果仁，最后还多给你一张纸巾，令人啼笑皆非。

其实吃是分量最重的，吃得好的话，下次再来乘坐同家公司的飞机，等于宣传。飞机餐是很重要的一环。

"为什么还是那么难吃？"我常问航空公司的餐饮负责人。

"你有所不知。"他们像教小孩般解释，"飞机上的食物是需要加热的，当然不及餐厅中现做现吃那么好吃。"

心中大笑："有些食物是愈加热愈好吃，像柱侯牛腩就是一个例子。连这个道理也不懂，怎么做餐饮负责人？"

有时他们可怜自己："上头的压力也真大，为了节省成本，当然做得没从前那么好。"

"与其将高级化的饮食水准降低，不如把平民化的食物提高。"我真想这么回答他们，但是想想，讲了也多余，也就不出声了，因为对方多数是外国人，牛腩有多好吃，他们不知道。

竞争下，航空公司老板开始注意到飞机餐的重要性，纷纷请名厨设计。

原意虽佳，但是从外头请来名厨，是不给包飞机餐的公司面子，遇到的全是阻力。

"机内加热的机器有限，不行！"

"会给空乘增加负担，不行！"

"你也要照顾到外国人的传统口味，不行！"

理由种种，结果名厨设计出来的东西和原来的飞机餐一样难吃。

包飞机餐的公司有它的困难，但不是不能解决的，而且烹调食物并非什么高科技，只要努力，总解决得了。

像白米饭这么简单的东西，炊好了加热，碗边总有几粒硬化的，硌掉大牙。"用炊饭煲呀！"有人会说。不过这只能应付头等舱或商务舱的客人，经济舱也这么供应的话，人手是不足的。

日航就肯下功夫，创造出一个叫"EH"的远距离紫外线加热柜，蒸出一粒粒白白胖胖的米饭来。飞机餐的白米饭不好吃，已经成为过去了。

就算没有这个应用新科技的加热柜，只要包住白米饭来蒸，也能解决问题。像把白米饭捏成饭团，用竹叶或腐皮来包，就不会出毛病了。

如果你是一个经常旅行的人，你会发觉周围坐的东方人多过洋人。面包与白米饭的选择，当然后者居多，所以把白米饭做得好是多么重要！

最近日本佳速航空公司（Japan Air System）叫我替他们设计飞机餐，我和包机内食物的德航厨房开过多次会议，大家取得共识。德航的中国大厨和我配合得很好，一心一意克服技术上的难题。

最后做出来的其中一款是咖喱饭。

"咖喱饭？"最初有些朋友说，"是不是低级了一点？"

我说："首先，坐飞机的人，一定没有什么胃口；咖喱带刺激性，绝对受欢迎。其次，这也符合低级食物高级化的道理。"

　　我们做的咖喱饭，白米饭上面铺了片成薄片的龙虾和带子[①]，排成一朵花的模样，再淋上香港的咖喱汁。还有荞头、泡菜和葡萄干做配料。

　　"成本岂不是要很高？"朋友问，"经济舱的客人也能吃到吗？"

　　经济舱的咖喱饭，同样是用上等咖喱，用大只的对虾代替龙虾，以求符合经济成本的原则，但是滋味并不减少。

澳门悠闲游

　　去澳门谈点公事，趁机到艺术博物馆去看"乾隆展"和"明清家具展"。

　　澳门艺术博物馆就开在"文华东方酒店"后面的新口岸冼星海大马路上，很容易找到。整个澳门也不大，但这座艺术中心可不小。

　　乾隆的珍藏是北京故宫提供的，非常值得一看，尤其是那张在画中出现过的鹿角座椅，真的东西还是第一次看到。

　　中间也有许多玉玺。我一向反对乾隆把他的豆腐印印在古字画中，破坏原来的构图，玉玺的雕工匠气也很重。

　　有趣的是乾隆手写的《心经》，可以看到他深受王羲之的影响。乾隆的"无"字写得很刻意，每一个都要求不同的写法，其实《心经》中

[①] 也称鲜贝。——编者注

那么多"无"，变也变不到哪里去。他的其他书法，我并不欣赏。

"南阳叶氏攻玉山房"藏的明清家具，令人叹为观止，各种椅凳箱柜和摆设，每样抽出一两样精品展出，已看得目不暇接，加上"嘉士堂"提供的明式家具的制作材料和方法，让初入家具世界的朋友明白它们的构造，看了更是得益。当年不用一钉，也能拼出那么精美耐久的家具，是力学和几何学的智慧巅峰，外国人看了无一不折服。

叶氏的收藏，世界博物馆级别的也不及。开幕那天有 88 位香港收藏家和艺术爱好者专程前往参观，他们多数是收藏字画、玉器、陶瓷等的尖端人物，令人感叹香港藏龙卧虎。

博物馆能办得那么好，也与馆长吴卫鸣有关。他年纪轻轻，已那么有魄力，主办了许多展览会，比香港的馆长活跃。

看完返回"文华东方酒店"，房间不及威斯汀的舒服、宽大和簇新，但胜在地点方便，还是我喜欢的酒店之一。老旅馆都有一股味道，并非臭气，只是独特。每家酒店都不同，如果你旅行多了，就明白我在说些什么。

前一个晚上把颈项睡歪了，还是找人按摩一下，我又跑去了"大班"芬兰浴场，治疗师把我医好，又把背擦得干干净净。我走出大堂吃宵夜。

来到澳门，当然是吃面。澳门的面，很神奇地做得比香港的好吃。我要了一碟虾仔捞面，再来份鱼皮饺。经理说云吞也做得不错，我便又来一碗。见菜单上有荷包蛋和午餐肉，贪心地要了。那么多菜下面，一开头就把捞面吃得光光，最后多添一碟才肯回酒店睡觉。

乘翌日早上 10 点的那班船回香港。一早醒来，看表还有很多时间，就坐的士前往大马路，想在卖土产的那条街走走，但一想家里还有很多没吃完的蜜饯和糕点，也就作罢，吃个早餐上路吧。

"有没有面档？"我问司机。

那老兄回答："那么早哪里去找？要吃粥倒有。"

巷子里的"大三元"卖粥，早上7点开到11点，晚上又由7点开到11点，正宗的"7-11"，我知道，但还是一心一意地想吃面。我这个人从不喜答案只有一个"不"字。你说没有，我偏要去找找看。菜市附近总有熟食档，卖面也不出奇呀。

在大马路的菜市附近下车，经过几条小巷，看见巷中还有多家菜档。菜市场已新建好，为什么不搬到那里去？我有个疑问。

一早小巷烟雾朦胧，是一幅幅的沙龙作品，外国人看了一定举起相机，我这个早起的人就不感到稀奇了。走进赵家巷，见二十六号有家叫"池记"的，不是面店是什么？可惜还没开。

新街市一共有九层楼，底层卖鱼。我看到有鲈鱼，有五英尺长，还是活的。那么大的鲈鱼不可能是养殖的，一定很鲜甜，带不回香港，也没办法。二楼卖蔬菜，三楼卖肉，四楼是熟食档。哈哈，"池记"也在这里开了一档，正在营业，即刻叫了捞面。伙计问我要什么菜，我点了牛心和牛腰，这两种配料香港也少。

再去隔壁档要一杯浓茶，不要糖不要奶，飞沙走石。见有一个药壶，喷汽出来，是咖啡味的，原来传统的澳门咖啡，都是用药壶煲出来的，这是其他地方找不到的特色。

邻座有一对老夫妇，也是一早出来散步，买菜后上来喝杯茶，我替他们付了，三人才15澳门元，每杯3澳门元。搭讪起来，知道夫妇姓高，先生本人也是香港人，搬到这里已有十几年了。

"有30万就能买到一间在香港百多万的房子。"高先生说，"澳门节奏慢，可以多活几年。"

我也同意，可惜做不到。

"有了新街市，为什么还在巷子里卖菜？"我问。

"哦，"高先生说，"新街市有很多层，要乘电扶梯，老太太们嫌太高，又乘不惯电扶梯，不肯上来买，巷里的摊档才生存下来。"

有了答案，很满意。肚子饱饱的，我又要了两碟面，吃得差点由双耳流出来。这种感觉真好，有空应该多来澳门几趟。

邂逅康桥

剑桥距离伦敦 50 多英里 [①]，但是路上塞车，花两小时才能抵达。

整个区没牛津那么大，它不是一个学府的名字，整个城市都是大学，一共有 31 所学院，其中 25 所 [②] 是没毕业的本科学生读的，其他供已获得学士学位的人进修。

一条河流贯穿着所有的建筑，河上有许多桥梁。河的名字叫 Cam，桥的英文名为 Bridge，加起来就是 Cambridge 了。

城中有两家较为有水准的酒店，皇冠假日酒店（Clowne Plaza）是

---

① 1 英里约为 1.61 千米。——编者注

② 目前，剑桥大学有 2 所学院只招收研究生。——编者注

集团式经营，河旁边的花园酒店（Garden Hotel）比较有个性，我下榻于此，从阳台望出，看到有人撑艇。

我放下行李，即刻跑到河边散步。留下深刻印象的，是两岸柳树特别多。枝叶垂到河面，树干很粗壮，够两人合抱。我从来没有看到那么大的柳树，与东方的纤细柳树截然不同。

码头有很多小艇出租，一种叫作 Punt 的小艇很简陋，是只长方形的木船罢了。住墨尔本的时候，我常经过一条庞特路（Punt Road），只知是船的意思，当今才看到原物。来之前做过调查，说要看那些知名学府，最好的办法，就是乘 Punt 了。

河水混浊，有座不起眼的石桥，这就是诗人歌颂的康桥吗？简直只能用个"丑"字形容。

在租艇处买了票，一张 12 英镑，合 200 港元左右。大清早去最佳，众人尚未睡醒，本来坐满 12 个客人才开船，当今可以独自享受，何况撑艇的船女，还是位长发美人。

一上船我就嘀咕："人家威尼斯的船黑漆漆的，像块镜子，能照人，船头设计又那么漂亮。比起你们，还是意大利人比较有艺术细胞。"

船女没生气，笑着说："从前，这些小艇都是载牛的。"

咦，是不是在骂人？

但是她的表情是友善的，解释说："创办大学，也是法国人开始的，后来把那套搬到牛津。当年来了一场大瘟疫，才将大学迁移到剑桥。最老的一间是彼得豪斯学院，建于 1284 年。我们前面的克莱尔学院，是到 1338 年才创办的。"

好家伙，元朝甲申年间已有大学，我问："克莱尔是什么人？恕我无知。"

"克莱尔·伊丽莎白女士，她很有钱，一个丈夫死后又嫁一个，到27岁那年已经神秘地死了三个丈夫，得到大笔的遗产。那时候的女人不可以念大学，但是大学学府却是一个女人捐钱建的，真是讽刺。"船女说。

"你也是这里的学生吗？"

"再过一年就毕业了，撑船赚学费。这里所有的大学，到了1988年才是男女共校。"

"那座桥为什么那么像威尼斯的叹息桥？"我问。

"仿它建造的，不过经过那里的人是被斩头，我们的人是去听学，不知道是谁比较有文化。"她自豪地说。

另一座桥是木搭的。

船女继续说："完全是木头镶嵌出来，没用一根钉，用力学计算的，所以也叫算术桥，传说由牛顿设计。后来学生们为了研究它的结构，把木头拆开，但是镶不回去，所以你会看到一些铁皮包扎。其实这些都是编出来的故事而已。"

看了这两座桥之后，对康桥的印象逐渐转佳。

"这倒是牛顿真正读过的学院。"船女指着三一学院说："还有另一个出名的学生是诗人拜伦。拜伦调皮捣蛋，学院规定不准养宠物，把禁养的动物名称都列了出来，就是没写灰熊。拜伦利用这个漏洞，在宿舍里养了一只大的来吓教授，学校也拿他没办法。"

凉风吹来，柳枝扑面，一道道桥梁的影子为我遮阳。古今名人来去，剑桥依存。

"那边是雷恩图书馆，图书馆里藏了75 000册古籍，莎士比亚戏剧的初版都可以在那里找到。你有没有看过《小熊维尼》(*winnie the pooh*)的漫画？作者A. A. 米尔恩（A. A. Milne）的原稿都藏在那里。"

"每年和牛津的划艇比赛，都在这条河上举行吗？"

船女笑了："不，大家都这么以为，其实是在伦敦的泰晤士河上比赛的，不过剑桥的学生们可以在这里操练。"

说足一小时，但船游河 45 分钟就结束了。

不尽兴，晚上再来。

夜里的船员，已不讲解各学院的来龙去脉，说的都是鬼故事。那么古老的建筑物中，听说有无数的幽灵。

6 月 21 日，是北半球全年白昼时间最长的一天，各位要去剑桥的话最好选这个日子。当晚，等到 11 点才天黑，然后大放烟花，坐在艇上，火花从天而降，在头顶上消失。

梦游萨格勒布

第一次去南斯拉夫，已经忘记是多少年前的事，翻出旧作《海外情之三·南斯拉夫》，第一版的日期是 1988 年，自此之后没去过。那里后来发生了内战，希望炮火没有破坏了这个我至爱的国家吧！

忽然间，恨不得马上起飞，看看她当今是怎么一个样子。但俗事缠身，这么多年来也出现过相同的念头，但都没去成。2005 年即将结束。次年，我一定要走一次。

现在，只有先看一些关于她的资料了。

欧盟成立后，欧元价格急升，游历西欧诸国已经贵得遥不可及，一些游客去价钱合理的东欧旅行，但东欧的旅游指南少得可怜，有鉴于此，一群年轻人，包括比利时的奥里茨（Oritz）兄弟和一个德国记者卢肯斯（Lufkens），都只是二十几岁的小伙子，出版了一系列的书，叫 *In Your Pocket*，是旅行指南 *Lonely Planet* 和 *Time Out* 的结合体，大卖特卖，成为东欧出版界的奇迹，其中有本专写萨格勒布 [①] 的是最佳的参考。

《国际先驱报》的旅游版上，也有一个叫亚历克斯·茨雷瓦尔（Alex Crevar）的人做了相关报道，他最近才去过这个都市。他做的报道，也激发了我对许多往事的回忆。

从中国香港到萨格勒布没有直飞，最方便的是从德国的法兰克福转机，不然在任何一个西欧的大都市都有航线，只是班次较少而已。

首先，选什么酒店住下？

最受一般旅客欢迎的有中等价位的伊利卡温泉水疗度假酒店（Hotel Ilica），它只有 22 间房，位置在市中心的广场旁边，出入是很方便的，房租是 72 美元一晚。

要豪华也有，可入住丽晶滨海酒店（The Regent Esplanade），它最近才装修好，大理石地板和 Art Deco 的重建，恢复旅行黄金年代的繁华，是东方快车停站时必经的。地点就在中央火车站旁边，一共有 209 间房，设有最新的电子服务，房价从 285 美元到 1980 美元。

如果要感受往昔南斯拉夫的情怀，我还是建议你去住全城最古老的

---

① 萨格勒布是中欧历史名城，第二次世界大战期间该市是轴心国统治下的克罗地亚首都。1945 年被南斯拉夫游击队解放，后成为前南斯拉夫社会主义联邦加盟共和国克罗地亚首府，曾是前南斯拉夫第二大城市、最大工业中心和文化中心。1991 年成为独立后的克罗地亚共和国首都。
　　——编者注

宫殿酒店（Palace Hotel）。123 间房之中，有一半是新装修，一半还是维持老样子。有没有鬼魂出现我不知道，十几年前住进去的时候觉得很豪华。从咖啡室望去，可以看到全城最时髦的人物穿梭。

吃的方面，南斯拉夫人喝很浓的罗宋汤，锯大块牛扒，也有烤全羊的肉食。海鲜多来自杜布罗夫尼克（Dubrovnik）——一个热门的度假胜地。欧洲人夏天旅行，有钱的去法国或意大利的里维埃拉；穷一点的都到杜布罗夫尼克的海滩，去了萨格勒布后，也顺道一游，不枉此行。

当地的海鲜种类并不比西班牙的丰富，但主要的鱼类还是齐全的。在巴尔塔扎尔（Baltazar）这家餐厅里，可以享受到烤小牛扒、海鲜、红白餐酒及一种叫 Medovača 的蜂蜜白兰地，天冷的时候坐在火炉旁边，天热了坐在露天阳台上。两个人吃一餐平均只要花 80 美元。

要更便宜的，到我住在那里时常去的多拉茨农贸市场（Dolac Farmer's Market），点一道叫 Sarma 的菜，是把碎肉塞进椰菜心中煮成的，加汤和餐酒及面包，两个人吃，只要 30 美元。餐厅名字叫克姆布（Kerempuh）。

当地老饕才找得到的是奥睿（Aurea），那里的熏猪排骨和鳟鱼是出名的，加上一升的餐酒，两个人也不过花 23 美元。

爱好文化的话，市中有很多博物馆，到歌剧院走一走，也是乐事。公园中，池塘边也躺着情侣。买了喜欢吃的东西，在草地上野餐，是一种生活。

到了晚上，是喝酒的时候了。

价钱之便宜，是西欧国家绝对没有的：一杯餐酒或啤酒，一般只卖两美元。Boban 酒吧在最热闹的耶拉契奇总督广场（Ban Jelačić Square）附近，客人多数坐在酒吧外面，这里很受当地人和游客的欢迎。

BP Club 是著名爵士乐师博斯科·彼得罗维奇（Boško Petrović）经

营的。爵士乐已经是旅客的国际言语，也是通行证，大家一谈起音乐就能做朋友。

要热闹的话可去 Aquarius Club，那里的国际 DJ 经常换人，遇到你相熟的也说不定。

相对地，东方旅客较少。南斯拉夫青年是好奇的、友善的，他们怕和你交谈，因为他们以为自己的英语说得不好，但是如果你主动以生硬的英语问长问短的话，他们很乐意多知道一点东方的事物。

多了解一点南斯拉夫文化，很有帮助，像站在酒吧前，点他们地道的烈酒，酒保问你："要多少杯？"

"一米。"你用双手比画那么长。

这时候你刚刚认识的南斯拉夫人一定大乐。

因为酒保将酒倒入一个个的玻璃瓶里，样子像大型的济众水樽，一瓶瓶排列成一行，一米有十来瓶吧。你"嗖、嗖、嗖"地一口气干掉三瓶，对方看了拍掌。这时，你已经赢得一群朋友了。

剧院叟影

我们来到了捷克，到各个名胜看看，被很多导游书忽略的，是布拉格市中心的一间歌剧院，叫城邦剧院（Estates Theatre）。

外表和入口都不会让你留下什么深刻的印象，我们走进去时，一位老人迎来。

他个子矮小，头半秃，腰有点弯，戴黑框眼镜。伍迪·艾伦再过 20 年，就是这个样子吧！

"欢迎，欢迎，"他展开了双手，笑容中保持着距离，"我的名字叫巴伯，姓太长了，不说了，说了你们也记不清楚，我自己也时常忘记。"

"名字叫巴伯，我们就叫你老爸好了。"我听到的他的语气内带幽默感，就不客气地说。

这一来，冰融了。老头笑得灿烂，要我们跟着他走。

当地导游偷偷告诉我："巴伯是一位著名的作曲家，在这个歌剧院指挥了几十年，不肯离开，每天坚持来这里带游客四处看。"

到歌剧院，只有用叹为观止四个字来形容了。整个观众席没有一根柱子，对着舞台的三面高墙建满了包厢。最令人惊讶的是，这个歌剧院虽然建于 18 世纪后期，但是现在看起来，和昨天才建的一模一样，这是下了多么大功夫去维修的成果！

众人正要举起全自动相机，老头又严肃地警告："政府规定，这里不准拍照！"

大家正要收起相机，老头继续说："我已 85 岁了，眼睛有点毛病，你们要做什么就尽管做好了，我是看不见的。"

我差点大声地笑了出来，问道："《莫扎特传》也是在这里拍过的？"

老头赞许："你的记忆力真好。是的，莫扎特最爱这家歌剧院了，他的作品最初都不受欧洲其他国家人欣赏，只有我们波希米亚人喜欢。《唐·乔万尼》1787 年在这里首演，获得极大的成功。"

"现在还有表演吗？"有人问道。

"为了纪念莫扎特，我们每晚都在这里上演这套歌剧，如果你们喜欢，晚上可以来看看。"老头说。

可惜紧密的行程不允许我们再来，下次重访布拉格，一定不会错过。这间歌剧院的好处在于不大，总共只能坐 500 多个人。当年表演，不用麦克风，周围都能听得清清楚楚。走廊上放着一架小电子钢琴，怎么用的？

"我现在弹一两首曲子，让各位听听这里的音响效果。"老头说完想把钢琴接上电，但接来接去还是接不上，发起脾气来，用捷克话骂那个导游，意思好像是"老早叫你们准备好，为什么弄出纰漏"。

老头生气的样子真可爱，他现在唯一的慰藉就是可以再次在歌剧院中表演一次吧？连这机会也被剥夺，怪不得要发怒了。从他的眼神也可以看出当年他纠正乐师们的那种威严，厉害得很。

导游叽里咕噜，意思是说还有一架钢琴，这时老头才息怒，指着舞台，用英语说："各位有没有看到盖着舞台的，是一张铁做的幕？这张铁幕是用来防火的。"

还没走进来，就在大堂看到这间歌剧院的模型。舞台很深，占了整个建筑的三分之一，原来的设计是舞台后面也有包厢，表演者在中央，让观众团团转地包围观赏，实在是一个很新的概念。

后台是什么样子的？这当然是我们最想看的。这时老头说："各位不懂捷克语吧？"

"不懂。"我们说。

"那太好了，"老头笑道，"后台用捷克语写着不准参观，既然大家看不懂，就可以进去了。"

后台的门锁着，老头找钥匙，左摸右摸，掏出的都打不开，又发脾气了。导游年轻，说要到管理室去拿，老头叽里咕噜，大概是说："不必你费神。"

以为他脚步蹒跚，哪知他飞一般跑去拿钥匙。从他掏出来的钥匙中，看到有一把汽车的，原来他还能每天开车来这里呢。

不一会儿，老头回来打开门："从前这里是不锁的，后门通到菜市场，有一次一个人误打误闯走到舞台上，正在上演古装戏，跑出一个现代人来，观众以为是喜剧。"

我们从舞台下面经过，望上去，才知道设计那么厉害，那么大的舞台可以整个用人手旋转，而且毫不花力气。

舞台后面是演员的休息室，当今改成一个饭堂，一边摆着架钢琴。老头坐下，向我们说："我现在弹两首曲子，第一首是捷克作曲家的作品，叫《幽默曲》，第二首是描写经过布拉格的河流伏尔塔瓦，其中一些变奏是我自己加进去的。"

那双初看僵硬的手，忽然变得柔软无比，十根手指像化为了百根，弹出两首精彩的乐章。

大家热烈拍掌，老头站了起来，深深地一鞠躬："谢谢各位观赏，这次歌剧院之行，到此为止。我希望，我能一直留在这里带大家看看，到死为止。"

槟城今昔

又到槟城一趟，这里和我第一次造访，当然有很大分别，高楼大厦增加不少。但印象中，槟城总是那么古老。

　　最初是学生时代去流浪，在那单纯的年代，我遇到一位当地少女，相谈甚欢，当她听到我在找旅馆下榻时，即刻把我拉到她家里去。

　　她父母也毫无戒心，女儿的朋友就是他们的朋友，把我当儿子款待。吃过简单又丰富的晚餐后，各自回房睡觉，把我们留在客厅。

　　翌日，一起身，看到一张白色的"鬼脸"看着我，吓得一跳，原来是她在半夜涂了当地最原始也最流行的化妆品——白粉。

　　"很好用的，涂上去凉冰冰的。"她拿出一把小指指甲般大的小粒，底平头尖，"青春痘也能医好。"

　　"在什么地方买回来的？"我有点兴趣了。

　　"自己家里做的。"

　　"怎么做？"

　　她带我到厨房，有一缸浸着白米的水："要一直换，换到水没有味道。"

　　待米发酵，发出异味时换水，重复又重复，泡到成了米浆，加南洋独有的香料巴兰叶进去。捞起米浆，放进一个做蛋糕用的尖纸筒中，再一滴滴地挤在白布上，等它干了，就变成这种化妆品。

　　现在想起来，日本人的最新产品，明星小雪拍的广告之中惊叹的酵母，就是这种东西呀，还有自然的香料，比什么化学香水更高级。

　　在菜市场散步，看到小贩摊中出售此物，装进盛番茄汁的旧玻璃瓶里，一瓶有上百粒，即刻买回来怀旧一番，虽然我已不会再长青春痘了。

　　又不知经过多少年，我已经当了电影制片，带日本导演岛耕二去槟城看外景。当时的他，和我现在年龄相若吧？我们住在邵氏公司海边的一座别墅中，到了半夜，我跳进海中游泳，那时的海，清澈见底。

　　"下来游吧！"我向岛耕二导演说。

即使是夏天，日本人对海的印象总是冰冷的，所以他死都不肯。最后看到我和几个工作人员玩得那么高兴，他也忍不住跳了下来。

"咦，海是温暖的！"他大叫，然后开始游。贝壳死后的磷质浮在水面上，沾在我们的身体上，发出闪亮的光芒。大家都像外星小孩，互相泼水，玩得不亦乐乎。

外景队抵达，好家伙，槟城人民从来没有看过那么多的邵氏明星，把旅馆重重包围。我们要出外工作，但寸步难移，要靠警察来开路。他们把群众挡了回去，但群众又拥上来。

这回重访，那间旅馆已找不到，不知何时被拆除，但借来拍外景的那间豪宅还在，已破旧不堪。槟城还有不少那种殖民地式的建筑物，要是好好装修，不但有历史价值，还会住得很舒服，可不可以买下一间？

还是在伊恩奥酒店（E&O Hotel）下榻。我对它情有独钟，当年它和曼谷的文华东方、仰光的斯特兰德酒店（Strand Hotel），都有过最风光的岁月，是好莱坞明星、文人雅士到南洋必住的地方，不可不去。

第一次住伊思奥酒店的时候，它已破旧不堪，非常没落了。世上再也没有那群优雅的邮轮旅客。要维持这些昔日的皇家级酒店，不是一件容易的事。

只记得大堂的那个巨大的椭圆形天花板，十分宏伟，站在下面叫一声，回音不绝。房间是那么大，摆着三张床也觉得空空荡荡，浴室也比当今的酒店房还宽敞。

海滨大浪扑来，我躺在沙滩的沙发上发怀古的幽思，叫了一碟海南瓜子炒的米粉，那是我吃过最好吃的，那味道至今不忘，也许是在空溜溜的酒店中，那种孤寂的感觉造成的。

好在有心人的集团把这家酒店买下，重新装修，恢复了昔日的繁华。我住的是剧作家诺埃尔·考沃德套房，其他的当然也有以毛姆、卓别林等早期到过南洋的名人命名的房间。长方形的客厅摆着沙发和餐桌，一头一尾很大，一半有阳光照入，一半要开灯才能照亮。卧室旁边有个小房间，是让孩子或仆人入住的吧?

当晚下雨，也不出去了，就在酒店的餐厅吃饭，它已成了城中名所，平日也爆满，可在此尝尽各种马来风味的小食。

翌日散步到唐人街的菜市场，附近有很多咖啡店，任何一档都有水准。可吃槟城独有的虾头膏叻沙、槟城炒贵刁和与香港截然不同的云吞面。海南鸡饭做法和星洲的不一样，印度人的羊肉汤也令人垂涎。

菜市场旁边有档卖薄饼皮的，老人家在那里现做现卖，当今已少见这类技巧。另有一家卖海产，槟城产的虾干并不起眼，上次和倪匡兄来，买了送给他，他一吃才知香甜无比，至今念念不忘，这次又买了一些当礼物。

天气闷热，想去游泳，但昔日的海如今已被污染，唏嘘不已，还是在游泳池中泡泡算了。

陆羽茶室的晚宴

"陆羽茶室"是香港最闻名的茶楼，也可以说在全世界也找不到另外一家了。

它分三层，每层都布置得高尚清雅，壁上挂满了名家字画;半通的

花瓶，插着刚摘下的剑兰。它以中式装修为主，带点西方的影响。这种东方的"Art Deco"多少餐厅试图模仿，但只有"陆羽"才是独一无二、抄袭不来的。

Art Deco 一向没有中文译名，这个艺术运动发生在 20 世纪二三十年代，当时的人清闲，富有雅致，虽然有点颓废，但都是懂得生活的一群人，我们暂时只能称之为"美好的年代"。虽然已是过往，但这个年代的人，如果欣赏这份清雅，也可在这种旧建筑和装修中找到失去的美梦。

茶和点心，是一流的。"陆羽"至今还是坚持用茶盅沏茶。普洱、铁观音、白牡丹等高级的茶叶，加上侍者不断地前来加添热水，的确做到广东话中所说的"水滚茶靓"。点心方面，桌上摆着一本小册子，印刷着各种咸甜小品，客人拿起铅笔，即点即蒸。小册子每星期更换一次，随着季节推出新的点心来。

连牙签也套在特制的纸包里，封套上印着地址和电话，等于"陆羽"的名片，外国客人纷纷收藏。

茶室该有七八十年历史了吧？来过"陆羽"的文人墨客不可胜数，也发生过不少的故事。像有个晚上，来了几个雅贼，把壁上的字画偷走。但东主们所藏多的是，又换了一批，翌日继续营业。

楼下深处，有个大厅，晚饭供应点心之外的佳肴，反而少有人去提。我就算吃过，最初不懂得欣赏，吃来吃去不过普通的那几道，觉得平平无奇。

"陆羽"的菜，难得之处，就在于这"平平无奇"四个字。永远朴实，地地道道，保持水准，真材实料，百年不变，成为经典。

我们一坐下来，先叫一碟炸云腿下酒。这道菜，火腿本来是鸽脯的碟边摆设，但就那么吃火腿，比吃主角的鸽脯更佳。云南火腿先用蜜糖浸过，蘸一蘸粉，油炸后切成薄片，粉红的肉配上黄色的边，扮相漂亮，口感细腻，能吃出火腿的香味，不像北方人做的蜜汁火腿，一味是甜。

接着是汤了。南方人先上汤，是让人别吃得太饱。北方人先吃菜后来汤，把食物胀起，不是办法。杏汁炖白肺是"陆羽"的招牌菜。一提杏仁，食客就要问是南杏或北杏，比例如何？大师傅出来解释：南杏十分之九，北杏十分之一，后者不可过多，过多了就苦。猪肺极难处理，洗过再洗，然后炖六小时，在第五小时才把杏仁放进去，炖至食材全部溶化为止。那么浓郁，但又那么清香的汤，也只有"陆羽"做得好。

红烧翅或肘子翅一吃就饱，还是珊瑚粒炒翅好，用最贵的食材来炒最便宜的鸡蛋，最后下红蟹膏来点缀，翅炒得不太干又不太湿，火候的控制是别家餐厅中罕见的。

网油腰肝卷锅渣的做法最为普通。所谓的卷，目前都是以腐皮代替的，但"陆羽"还是以最原始的猪网油来包猪腰和鸡肝碎，再去油炸，吃起来香味扑鼻，绝非腐皮可比。碟边的锅渣，是用牛乳炮制的。

榄仁炒猪肚丁采取的是猪肚中最够味、最爽脆的部分，即广东人所谓的"肚尖"。榄仁粒大，比松子更香，当今要找榄仁，已只在月饼中可见。

要吃贵的海鲜的话，可得预订，店里会替你找到方脷等活鱼。每天斑腩都有的是，"陆羽"用的都是大石斑，广东人称为龙趸的巨鱼，取肚部和尾部，先油炸，再以苦瓜焗之，味道也不逊清蒸的。

辽参也不一定是北方人做得好，"陆羽"用所谓的"百花"，就是把鲜虾打成胶去酿海参，两种食材配合得极佳。

　　不怕胆固醇的话，古老的烧金钱鸡最好吃了，可得预订。金钱鸡没有鸡肉，是用一片叉烧来夹一片肥肉。和鸡搭上一点关系的是中间加了一小片鸡肝，整串烧了来吃，不羡仙。

　　要豪华一点，可叫竹笙燕窝扒鸽蛋。"陆羽"的燕窝用料十足，绝不含糊。鸽子蛋怎么煮，蛋白还是透明的，已经没有多少厨子见过这样的鸽子蛋了。

　　来锅鹧鸪粥吧，这也是"陆羽"的招牌菜之一。将鹧鸪拆肉之后与骨一块煲粥，煲得稀烂，非常精彩。

　　接着的饭面类，京酱捞面在中午也供应，酱中肉多，不像北方的炸酱，酱多肉少。它又演变成广东味道，味道纤细得很。

　　炒饭也一向有水准，炒得很干身，不一定在扬州才能吃到好的，"陆羽"有时还加了膶^①肠粒，更是惹味。

　　甜品的蛋黄莲蓉大桃包不容错过，和别的地方一比，就知道"陆羽"的不同。为老人家祝寿，更适合点来当寿包吃。

　　别再追求什么融合菜，也不一定要鲍参肚翅。洗尽铅华，返璞归真时，才去享受这些古法佳肴吧。可惜懂得欣赏的人，年纪渐大，"陆羽"有鉴于此，在大厦旁边新设电梯，招呼熟客升降三楼，用心良苦。

---

① 粤语，指肝。——编者注

载货老龙

大都市皆有出名的百货公司，像伦敦的哈罗德、巴黎的老佛爷、纽约的玛西。我认为，没有开过代表性的百货公司的城市，都不是大都市，只是一个普通城市。

百货公司这名字也被取坏了。何止百货？百万货都不止！还是按英文名叫"部门分类公司"贴切一点。

香港要到 20 世纪 60 年代才晋升为大都市，开始有日本的百货公司分行，最初是大丸，后来有三越、松坂屋、崇光、西武等出现。

日本的百货公司，去惯了就知道它有一个统一的经营模式：一楼卖化妆品、首饰、丝巾、帽子和雨伞，女性用品居多。逛百货公司的，大部分也是女性消费者。

二楼、三楼也被女性用品包了。二楼卖较普通的时装，三楼是外国名店卖的高级货。

到四楼、五楼才轮到男人的衣着。

七楼、八楼是电器、陶瓷、家庭用品、厨房工具、书籍等。

九楼是餐厅层：卖寿司、天妇罗、日本面的日本料理店、西餐店及咖啡店等。

顶楼天台给小孩子玩游戏，也卖些园艺产品。

至于地下那两层，不成文地规定卖食品，大概是百货公司在创立初期，怕冷藏肉类或蔬菜一坏，味道影响到其他货物吧？

这两层，也是留学生的天堂。一没钱，就往这两层钻，各个档口摆着试吃的商品，虽然都是不值钱的，像泡菜、鱼饼、面条、糖果，但这里吃一口，那里试一片，走了一圈，再来一圈。到第三次试吃时，多么有礼貌和客气的售货员，也要给你白眼，所以不能贪心，两次为止，宁愿到其他百货公司再逛两次，一定吃得饱。

我们在 20 世纪 60 年代光顾东京的各家百货公司，那是美好的时光。日本人还不会吃猪脚，它卖得便宜，20 日元一大只，当时的 1 美元兑360 日元，才几毛港币。

买了猪脚拿到家里红烧，酱油是从寿司店免费取来的小包，糖则由咖啡店奉送，煲得一大锅猪脚。煤气费最贵，但可以几个同学吃个数天，也值得。

鱼头，日本人除了红腊鱼的，其他都不吃。厨子将鱼头一刀斩下，就那么扔到垃圾桶里。年轻人只要有礼貌，向这位大师傅叔叔一讨，对方就笑嘻嘻地将整个大鱼头细心包好，装进一个精美的袋子，让你带回去，有时还替你剁开呢。

当地卖的洋葱又饱满又便宜，下油爆香了，就可用咖喱粉炒到略焦，加牛奶代替椰浆，把鱼头滚熟，就能上桌。大鱼大肉，也花不了几个钱，完全拜赐于百货公司。

女售货员多是由乡下来到大都市工作的。大把女子，被人事部精选，样貌都不会差到哪里；又经礼仪的训练，都非常客气。如果你买不到心中要的东西，她们可以放下工作，带你走三条街，到另一家百货公司找到。

大多数高级的百货公司集中在银座和日本桥。它们都建于 20 世纪二三十年代，留存至今，建筑物本身就有很多值得观赏的地方，Art Deco 的装修，更是高雅。

在日本，这些百货公司像一只只巨大的"恐龙"，各占大城市的一角觅食数十年。但是，市民的年薪虽然愈来愈高，生活水准却慢慢降低，对于生活没有什么太高的要求，日子能过就算了。

加上外国名牌一个个成立自己的专门店铺；年轻人的时装又是五花八门的，百货公司不屑置之，但那才是赚钱的呀。这只"恐龙"，已经老化。

百货公司在海外的分店开始一间间倒闭。日本的，当银座有乐町的崇光百货也关门时，全国震惊了。

好在日本是一个受很多外地游客欢迎的国家，而游客一到大都市，没有时间一家家找专卖店。跑进"恐龙"的怀抱，万物皆全，何乐不为？这也说明了哈罗德、老佛爷和玛西可以继续生存下去的原因。

日本的百货公司刻苦经营，还是有基础顾客的，因为顾客本身也已老去。整个社会，都在老化。

请试试去二楼的女性服装部看看，那些设计保守、老土至极的衣服，也只有日本女人肯买；连非洲的土著人，也会嫌它颜色不够鲜艳。女人勤劳工作，赚了钱到外国旅行时买名牌货，但一年只能去一次，或数年一次，普通的周末，还是逛当地百货公司，买上一两件老土的衣服。

我也爱上这只"恐龙"，每到日本旅行，一定光顾当地的百货公司，可能自己也老了。

棉被部门卖的产品有极高级的——纯蚕丝、鹅毛和人手织的麻布，盖在身上，自己享受，也只有自己知道，不是年轻人懂得的事；这些棉被也是除了百货公司，别处难买到的。

陶瓷部有粗糙的陶制佛像、薄如蝉翼的瓷器茶具，都令人爱不释手。

　　还有那最诱人的食品部，日本全国名产皆齐，连外国的最高级食品也都能买到。怀念的是当年的笑容，现在的售货员，就算怎么客气和招呼周到，也不会带我走三条街去买我要的东西吧？

　　优雅的生活，总有一天绝灭，这些"恐龙"也会在世上消失。"恐龙"的身边，出现了无数的"小怪兽"，名字叫超级市场和便利店。它们不休不眠，抢尽周围的食物。许多百货公司的旧址，变成了电动游戏中心。趁百货公司还有一口气，快点去光顾吧。

消失的背影

　　在中环遇到一位女友，从前面容和身材都是一流的，现在面黄肌瘦。

　　我说："一起去吃饭吧，附近有家海鲜餐厅，鱼蒸得好。"

　　"不，我已经不去餐厅吃东西了。"她说，"全是味精，真恐怖。"

　　"这一家人我熟，可以叫他们不放味精。"

　　"不过，"她说，"我已经连鱼也不吃了。"

　　"什么？鱼那么好的东西，你不吃？"

　　她点头："现在整个海洋都被污染了，珊瑚礁中的鱼有雪茄毒。附近海里的鱼，都被我们吃完了，要从马来西亚和菲律宾进口，空运来的时候怕它们死掉，喂了药，这种海鲜怎么吃得进去？"

　　"好吧。"我说，"我们不如到西餐厅去吃牛扒。"

她又笑了："有疯牛病呀！你还敢吃？"

"我想去的那一家，是用玉米养的，吃普通饲料的牛才有毛病，饲料里面有牛的骨头，牛吃牛骨，怎么会不弄出一个疯牛病来报仇？"

"猪呢？"

"有哮喘病和口蹄疫。"

"羊呢？"

"膻。"

"就算干净，我也不吃红肉，太不健康了。"

我双眼望天："那么去吃肯德基炸鸡吧！"

"油炸的东西，胆固醇最多了。"她说。

"豆腐呢？"我问，"吃蒸豆腐，总不会有事吧。"

"你真是不懂得吃。"她说，"豆腐最坏了，豆类制品中含的尿酸最多。"

"炒鸡蛋总可以吧？"

"现在的鸡，都是农场养的。"她说。

"这我知道。"

"普通的鸡，本来一天生一个蛋。在农场的人，为了要让鸡生更多蛋，把一天分成两个白天和两个晚上，六小时一班，骗鸡多生一个，鸡被关在黑暗的农场里面，任人类摆布；现在还过分到要三小时一班，叫它们生四个呢。蛋壳愈生愈薄，愈薄愈容易生细菌。你去吃鸡蛋吧，我才不吃。"她一口气说完。

真拿她没办法。意气用事，非想到一样她可以吃的东西不可。

"有家新派餐厅，专门做女士用的中餐，吃的尽是些蒸熟的鸡胸肉，你如果不吃鸡，可叫他们做完全是生菜的沙拉，这不可能有问题吧？我不相信你连生菜也不吃的。"我也一口气说完。虽然对这种健康餐一点兴趣也没有，为了她，我肯牺牲。

她又笑得花枝招展："生菜上面有多少农药你知不知道？"

"他们那一家用的是有机蔬菜。"我抗议。

"有机无机，都是餐厅自己说的，你怎么证实他们用的是有机蔬菜呢？"她反问。

"你的疑心病那么重，又嫌这个又嫌那个，那么你说好了，你有什么东西可以吃的？"我赌气说。

"水呀，喝矿泉水没有问题。"她回答。

"最近报上的消息，说喝水喝太多，也会虚脱而死的。"我说，"而且，水里面有矿物质，沉淀起来，会变成胆结石的。"

"吃生果呀。"她说，"又可以减肥。"

"生果上面也有杀虫剂呀！"我说，"生果有糖分，吃了照样发胖。"

她已不作声。

"跟我去吃一碗猪油捞饭吧！"我引诱。

想起小时候那碗热腾腾、香喷喷的白米饭，她开始有点动心了。

"你这又不吃，那又不吃，担心这个，又担心那个，迟早担心出病来。"我说，"精神上有病，肉体上就有病，我不是叫你每一天都吃猪油捞饭，只是偶尔吃一碗，没关系的。"

她想了又想，最后还是说："不了，谢谢你的好意，我回家去吃好了。"

"你回去吃些什么？还有什么你能吃的？"我问。

"红萝卜。"她回答，"这是我觉得唯一能吃的东西。它长在地下，不受污染，用打磨机打成汁。我喝红萝卜汁，已够营养。"

怪不得她面黄肌瘦了。红萝卜有色素，吃得多了就会呈现在皮肤上，这是医生说的，医学界证实过，不是说出来吓人的。

"再见。"她说完转身，向人群中走去。

望着她的背影，我知道她总有一天会完全消失。

Gilbey A

"银座有几千家酒吧，你去哪一家？"

这次农历新年旅行团，最后一个晚上吃完饭后目送团友回房睡觉，我独自走到帝国酒店附近的"Gilbey A"去。

主要是想见这家酒吧的老板有马秀子。有马秀子，已经 100 岁了。

银座木造的酒吧，也只剩下这么一家吧？不起眼的大门一打开，里面还是满座的。日本经济泡沫一爆已经十几年，银座的小酒吧有几个客人已算幸运的，哪来的那么热烘烘的气氛？

这家酒吧我以前来过，那么多的客人要一一记住是不可能的事。她开酒吧已经 50 年，见证了明治、大正、昭和、平成四个时代的历史。

她的衣着还是那么端庄，略戴首饰，头发灰白但齐整。有马秀子坐在柜台旁边，看见我，站起来，深深鞠躬，说声欢迎。

几位年轻的女侍者周旋在客人之间。

"有些客人是慕名而来的，但也不能让他们尽对着我这个老太婆呀！"有马秀子微笑。

　　有马秀子说是 100 岁，样子和那对金婆婆、银婆婆不同，看起来也就是七八十岁，笑起来给人一种很亲切的感觉。

　　坐在我旁边的中年男子忽然问："你不是《铁人料理》的那位评审吗？"

　　我点头不答。

　　"他还是电影监制。"这个人向年轻的女侍者说。

　　"我也是个女演员，姓芥川。"那女侍者自我介绍，听到我是从事电影工作的，来了兴趣，坐下来问长问短。

　　"那么多客人，她不去陪陪，老坐在这里，行吗？"我有点不好意思。

　　"店里的女孩子，喜欢做什么就做什么。"有马秀子回答，"我从来不指使她们，只教她们做人。"

　　"做人？"我问。

　　"唔。"有马秀子说，"做人先要有礼貌，这是最基本的。礼貌了，温柔就跟着来，现在的人很多不懂。像说一句谢谢，也要发自内心，对方一定能感觉到。我在这里 50 年，送每一位客人出去时都说一声谢谢，银座那么多家酒吧不去，单单选我这一家，不说谢谢怎么对得起人！你说是不是？"

　　我赞同。

　　"我自己知道我也不是什么美人，"她说，"招呼客人全靠这份诚意，诚意是用不尽的法宝。"

　　有马秀子生于 1902 年 5 月 15 日，到了 2002 年 5 月 15 日满 100 岁。许多杂志和电视台都争着访问，她成为银座的一座里程碑。

　　从来不买人寿保险的有马秀子，赚的钱有得吃有得穿就是。丧礼的费用倒是值得担心的，但她有那么多的客人，不必忧愁的吧？她每天还是那么健康地上班下班。对于健康，她说过："太过注重自己的健康，就是不健康。"

那个认出我的客人前来纠缠，有马秀子看在眼里："你不是已经埋了单的吗？"

这句话有无限的权威，那人即刻道歉走人。

"不要紧，都是熟客，他今晚喝得多了，对身体不好，是应该叫他早点回家的。"有马秀子说。

我有一百个问题想问她，比如一生吃过的东西中她对什么最难忘，她年轻时的罗曼史是什么，她对死亡的看法如何，她怎么面对孤独，等等。

"我要问的，你大概已经回答过几百遍了。"我说，"今天晚上，您想讲些什么给我听，我就听。不想说，就让我们一起喝酒吧。"

她微笑，望着客人已走的几张空凳："远藤周作最喜欢那张椅子，常和柴田炼三郎争着坐。吉行淳之介来我这里时还很年轻，我最尊敬的是谷崎润一郎。"

看见我在把玩印着店名的火柴盒，她说："Gilbey 的名字来自英国占酒的牌子。那个 A 字母代表了我的姓 Arima。店名是我先生取的，他在 1961 年脑出血过世。"

"老板从没想过再结婚，有一段故事。"女侍者中有位来自大连，用中国话告诉我。

有马秀子好像听懂了，笑着说："也不是没有人追求过，其中一位客人很英俊，有身家又懂礼貌。他也问过我为什么不再结婚，我告诉他我从来没有遇到一个像我先生那样值得尊敬的人，事情就散了。"

已经到了打烊的时候，有马秀子送我出门口，望着天上："很久之前我读过一篇记载，说南太平洋小岛上的住民相信人死后会变成星星，从此我最爱看星星。看星星的时候，我一直在想，我先生是哪一颗呢？我自己死后又是哪一颗呢？人一走什么都放下，还想那么多干什么？你说好不好笑？"

我不作声。

有马秀子深深鞠躬，说声谢谢。

下次去东京，希望再见到她。如果不在，我会望向天空寻找。

两位长眠了的淑女

淑女，并不一定指年轻的女子。我认识的两位，老得不能再老，但在我心中，永远是淑女。

我在日本学电影时，最大的得益是看到所有的法国与日本导演的经典作品。法日两国交流文化，各寄 100 多部电影给对方。我在"近代美术馆"看完了法国片，再看寄回来的日本片。近一年时间，每天风雨不停地看个遍，加深我对电影的认识。

促成这件盛事的是川喜多夫人，她答应了法国电影资料馆的提案后就去各日本电影公司收集。五家大公司之中，人缘最差的是"大映"的老板永田雅一，他和所有的人都过不去。川喜多夫人的丈夫所创立的东和公司和东宝合并，他们更属于敌对方，但她低声下气地跑去求永田雅一，请他捐出"大映"旧作。永田受她的热诚感动，交出拷贝来，这才收集齐全。

上映的日本片的导演，包括当年还在国际籍籍无名的小津安二郎、成濑巳喜男、沟口健二等。更有我喜爱的冷门导演伊丹万作，他是伊丹十三的父亲。

这都是川喜多夫人努力的成果。她和先生川喜多长政很爱中国香港，对大闸蟹尤其有兴趣，每年到了秋天必来一次，我们常在天香楼相聚。川喜多夫人长得矮矮胖胖，衣着一直非常整齐，更深爱穿和服，面孔非常慈祥。

招呼川喜多夫人，我无微不至，她一直不知道是为了什么。在公在私，我们的交往都不深，本不必付出那么多。她常向人说："蔡澜真是好人。"

其实，很简单，我很佩服她对日本导演的栽培，也让我有机会看到那么多名作，就此而已。但我也从来不为此事向她解释，我和她的女儿川喜多和子又是好朋友，她嫁过伊丹十三，后来离婚，和我们共同认识的柴田结婚。

为了保存日本电影，川喜多夫人把私人财产拿了出来。日本"近代美术馆"刚成立时只有百多部电影，而法国电影资料馆已有六万部。当今，日本的也存了四万部电影。

川喜多夫人还是迷你戏院的创立者。她说服丈夫，成立了"艺术剧院协会"（Art Theatre Guild，ATG），协会的戏院可容纳 200 人左右，专放一些外国艺术片，像印度的萨蒂亚吉特·雷伊的《大地之歌》、意大利的费里尼的《八部半》，和法国的阿伦·雷乃的《去年在马里昂巴德》等。一群爱好艺术电影的影迷麇集，钱不花在宣传费上，也做得有声有色。当年都是大戏院，坐一两千人，行内起初都当迷你戏院是笑话，后来才发现可以生存。在今天，它更发展为天下主流——电影院。

除了发行外国片，ATG 还以小成本制作前卫电影，造就了羽仁进、大岛渚、筱田正浩、寺山修司、冈本喜八、新藤兼人等新人。

如今，川喜多长政及其女儿和夫人三人都已去世，但川喜多这一家的往事，在国际电影圈中一直被流传，法国电影资料馆的馆长更赞川喜多夫人说："这是一位毫无利己心的淑女。"

我在前面提过一位已经 100 岁的酒吧老板。

前几天，我又去她的酒吧"Gilbey A"。一走进门，看到柜台上摆一个镜框，有一张她的彩色照片，样子端庄和蔼，我已知道发生了什么事。

"去年逝世的。"酒吧经理说，"活了 101 岁。"

"不是说过吗？她一死，这间酒吧就做不下去了，怎么还开着？"我问。

经理回答："老客人都要求她的儿子继承下去。"

"儿子是做什么的？"

"普通的白领，对喝酒一点兴趣也没有，不常来，几个月都看不到他一次。他说妈妈留下的财产也足够经营，就让这间酒吧一直开下去，等到某一天全部花完才关掉吧。但是客人不断上门，还有钱赚呢，我想可以开到我也死去为止吧。"经理说。

"你跟了她有多少年？"

"三十几年了，和她一比，我做这一行不算很久。她说过，在一种行业中工作，不管是做护士还是秘书，只要终身努力，做到最好，就是一个成就，做酒吧也是一样的。我永远记得这句话。"

"死得不痛苦吧？"

经理娓娓道来："起初已是不舒服了，打电话来说要迟到一点，这么多年来她一直很准时，8 点一定到店里来，所以我们都感到不妥了。

后来见她勉强出现，但是把头伏在柜台上休息。听听客人的欢笑，她又兴奋起来，和平时一样，像一点病也没有。有些从乡下来的客人要求和她合照，她更是四处走动，最后支持不住才坐了下来。我一直劝她进医院，她不肯。她说：'我一进医院就会死的。'看她的脸色愈来愈不对，我只有把她儿子叫来，她还是说只肯回家。坐上的士时，她已经昏迷，送进医院一个星期后去世了。我心中知道，她不肯走，是死也想死在酒吧里，这到底是她最喜欢的地方。"

把这两位淑女的故事说给友人听，大家唏嘘不已，都说在她们活着的时候没有机会见面，是多么可惜的事。

这世间，有很多坏蛋，死后生平事迹被人添油加醋，变得面目可憎，讨厌到极点。反观一些值得歌颂的人物，死去愈久，传奇性愈丰富，不是发生在他们身上的美谈，都被加了进去。见不见到本人，已不是重要的了。

重看《黄昏之恋》

生日那天，拿出《黄昏之恋》（*Love In The Afternoon*）的 DVD 来，独自欣赏。

没有什么比重看一部老片更快乐了，它给人带来的回忆和欢笑，是从其他媒体中得不到的。

奥黛丽·赫本饰演的女儿和父亲相依为命，住在巴黎。父亲由著名的法国演员莫里斯·切瓦力亚扮演，是个私家侦探，正在为 X 先生侦查他老婆的外遇。

侦查对象是个美国的中年花花公子，由加里·库珀饰演。切瓦力亚有关于库珀的一个很厚的档案，都是他在全世界风流的剪报，他感叹："对我们这一行的人来说，不研究这个花花公子，等于艺术生不认识毕加索。"

X 先生来访，拿了一管手枪，说要到丽池酒店把库珀杀死。少女的好奇心和正义感使赫本不得不跑去通风报信，在房间内她代替了情妇，躺在库珀怀里，X 先生破门而入，发现认错了人。

库珀对这个突然而来的少女感到深深的迷恋，赫本也被这个中年人的风度吸引，一步步踏入爱情。

为了遮掩自己的身份，赫本向库珀说自己也是一个女玩家，把她父亲档案中的风流人物都搬出来当成自己的追求者，库珀听了又恨又心痒。

分开又重逢，库珀为爱情烦恼。最后他在桑拿浴室中遇到 X 先生，X 先生说巴黎有个出名的私家侦探，能解决问题。

库珀把事情告诉了切瓦力亚，他当然马上知道是自己的女儿情窦初开，向库珀说："她只是一条小鱼，把她丢回大海吧！"

库珀决定离开，赫本送他到火车站，从他的口吻中，知道彼此不会再见面，她一边装成若无其事，一边感到悲哀，追着开动的火车。库珀看得心痛，把她抱了上来，剧终。

这是一部在 1957 年拍摄的黑白片，由比利·怀尔德（Billy Wilder）导演，也是和剧作人 I.A.L. 戴蒙德（I.A.L. Diamond）合作的第一部片子。两人从此成为拍档，拍出《热情如火》和《桃色公寓》等不朽之作。

戴蒙德的剧本永远是天衣无缝的，每一个角色，每一句对白都和剧情扣得紧紧的，前后呼应。没有人会忘记《热情如火》中扮女人的杰克·莱蒙被大鼻子老头追求，什么借口都说完，老头不介意，最后只有承认自己是男人，老头回答"没有人是完美的"那句对白。

是不是因为自己老了，所以才那么爱看老片呢？拍得那么优雅高贵，像个翩翩少年，当今的电影和它们一比，像个沦落街头的流浪汉。

看过《黄昏之恋》的人也许会忘记许多细节，但是绝对忘不了那首缠绵的主题曲《迷惑》（Fascination），由 F.D. 马尔谢特（F.D. Marchett）和莫里斯·德费罗迪（Maurice de Féraudy）作曲。

戏中的中年花花公子走到哪里，就把一支四人乐队带到哪里。他们先演奏匈牙利舞曲等节奏很快的音乐，之后就进入以小提琴演奏为主的《迷惑》。这是男主角向女子们下手的一刻，永不失败。

但被爱情迷惑，花花公子到桑拿浴室中冲掉宿醉时，四人乐队也追随着拉小提琴，最后还把小提琴中的水倒了出来，演奏的也是这首《迷惑》。

《迷惑》曾由纳京高主唱，成为 20 世纪 50 年代末最流行的一首歌，至今还在许多高雅的地方听得到。

赫本是位天生的演员，从第一部戏《金枝玉叶》[①]中已得最佳女主角金像奖。我一向认为她演喜剧好过演严肃的电影，一点也不过火。在《黄昏之恋》中，她是一个学音乐的学生，抱着大提琴到处走的形象，被后来的电影抄了又抄。她又高又瘦，男主角不知道她叫什么名字，尽

[①] 即《罗马假日》，"金枝玉叶"为港译名。——编者注

管叫她"瘦女郎"。

切瓦利亚年轻时也做过小生，能歌善舞，在后来的许多好莱坞片中他都演父亲的角色，演技永远是那么完美，带着法国腔讲英语对白，令人难忘。

演 X 先生的是一位叫约翰·麦吉弗（John McGiver）的演员，这是他演的第二部戏。他也是个天生的演戏人才，一张面孔一出现就惹笑，后来他也在多部喜剧里出现过。

最不称职的应该是演花花公子的加里·库珀了。他主演过上百部电影，演的多数是西部英雄，表情不多。他在《正午》（High Noon）那部戏中演的警长，更洗脱不了牛仔和硬汉形象。大概是当年导演想找另一位加里——罗曼蒂克小生加里·格兰特，他没有档期，才选中了库珀。

此片的录影带一直没出现过，DVD 也难找，感谢一位读者为我寄来。

明年生日，再重看《黄昏之恋》。

三代之争

近几个月来，闹得东京满城风雨的，是一场收买富士电视台的战争。你对经济没兴趣不要紧，这件事是老中青三代之争，当作看人生，请听我细述。

富士电视台从前拍的电视剧《 101 次求婚 》《 东京爱情故事 》等风

靡一时，也引起全东南亚的抢购，比日本国营的日本广播协会（NHK）还要厉害。

综合节目中，富士投下巨额，制作了《铁人料理》，一连播七年，连美国市场也被攻下，至今还有许多国家继续放送这个节目。

忽然有一天，一个 32 岁的小伙子，叫堀江贵文的，宣布收购富士电视台。

这好像在传统的日本社会投下一颗原子弹。日本人的大企业，一向是由上了年纪的老年人牢牢控制住的。

堀江贵文是谁？他的钱是从什么地方来的？那么年轻，已经当了社长？

堀江出身于 IT 界，做宽频生意，创立了一家叫 Livedoor 的公司，没有正式的中文译名，我们为了不用太多英文，尽管称它为"生命之门"吧。

再怎么成功，和富士电视台一比，当然是小巫见大巫。堀江何德何能，买下那么大的一个机构？

理论上钱再多也无用，如果一家小公司想买大公司的股票，后者必出高价抢购，让你买不成。但堀江仅仅用了半小时就购入了富士电视台 30 巴仙的控制权，简直是奇迹。

富士是一家大电视台，但是母公司为"日本放送"，是家电台。数十年前电视还没出现时，电台才是大生意，后来逐渐发展电视，产生了富士这个"儿子"。虽然"儿子"身价已超出"母亲"数万倍了，但架构上，"母亲"还是"母亲"，"儿子"还是"儿子"。"母亲"的股票并不贵，价钱也没动过。

白天收购必被人觉察，聪明的堀江在晚上进行，当今的科技已发展到可以在网上买卖股票，投资者可以上网，到了一定的价钱就放手。堀江看穿这一点，以光速手法一夜间买下，翌日一公布，全城哗然。

富士被杀得措手不及，主席日枝久只有用传统战术做出反击，那就是把自己的公司增加了 4720 万股。你要收购的话，那得再付巨额。

这完全是不合理的做法，堀江的"生命之门"公司马上向东京裁判庭申请禁制令，阻止富士增股。

裁判的结果，当然是堀江赢了。他一出现，记者的闪光灯亮个不停，日本居然出了那么一个风云儿。堀江的样子不错，引起少女们的尖叫，比任何偶像都要受观众和好热闹的市民支持。他们认为如果死气沉沉的电视台由那么一个精力充沛的年轻人来接管，一定大有作为，堀江成了他们的英雄。

富士电视台有那么差吗？也不见得，主席日枝是个老好人，社长村上世彰是位意大利歌剧爱好者，一名绅士。他引进了三大高音歌唱家，也带来很多知名歌剧团在日本表演。

坏就坏在日本社会以为一切理所当然，传统制度不易被打破，所以没注意到母公司和子公司的脆弱结构，被人乘虚而入。其实这种所谓的恶意收购事件，美国早已每日都在发生，日本人对电子通信的发展，也落后于别人，所以才失败在晚上。

毫无招架之力的富士，对汹汹而来的"生命之门"也得对话呀。可是双方一开会，富士知道口才再好，也讲不过堀江。

这时，救兵来了。

出头的第三者叫孙正义，是"软银"的主席。软银也是一家 IT 公司，亦曾联合了澳大利亚的默多克，想恶意收购其他的电视台，但并不成功；而当年做和事佬的就是富士的日枝，双方有交情。

日枝在无法之中求救于孙正义，把富士的股票全借出去，孙正义成为大股东。有什么要谈的，去和孙正义交涉好了。

美国证券界把这种出头的人物叫作"白色骑士"，但真正占了风头的"白色骑士"并非孙正义，而是他公司的CEO，一个叫北尾吉孝的人。

北尾在电视访问节目上大骂堀江，说他是土足走进人家，又想和屋主握手的人。日本人住的是榻榻米，一定要脱鞋才能进入。土足，是穿了鞋子的意思，大为不敬。

愈讲愈兴奋，北尾说这件事完全是自己的主意，没有和主席孙正义谈过，也不必商量，大家"以心传心"就是。功高盖主，孙正义当然不高兴，嘴里说他和北尾的确是"以心传心"，但心病已种下了。

"软银"势大财雄，尽力收购富士的股份，令其升值。堀江本身的"生命之门"并无不动产，全靠吃脑力，钱是由美国的"雷曼兄弟"支持的，再借力量也大不过人。

最后的报道之中，堀江说，只要不亏损，愿意把股权卖出去。但是事件一平息，股票一定跌价，哪有不亏损的道理？

成败似乎已成定局，堀江代表的三十几岁的人，北尾代表的四十几岁的人，和富士管理层代表的五六十岁的人，是三代之争。民众看好戏，最终像读《三国》一样，惋惜年轻周瑜的死去。

最大的得益者，当然是最狡猾的"雷曼兄弟"，看日本人鹬蚌之争，大赚利息。在这场游戏中，他们是老手。